地球尽头的尽头

〔美〕乔纳森·弗兰岑 著
贾晓光 译

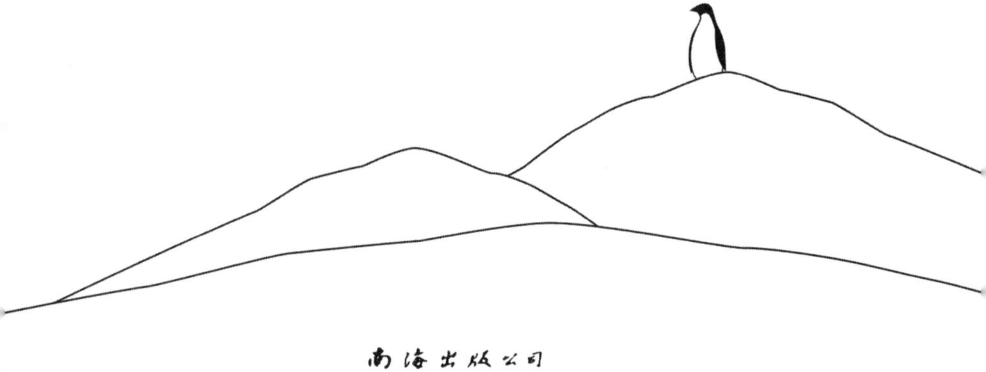

南海出版公司

新经典文化股份有限公司
www.readinglife.com
出　品

再一次，献给凯西

并纪念马丁－施耐德·雅各比和明迪·巴哈·埃尔·丁

目录

Contents

黑暗时代的随笔

假如随笔真是一种“随”的文体——冒昧的，没有定论的，非权威的，基于作者的个人经历与主观性大胆写出——那我们似乎生活在一个随笔的黄金时代。周五晚上你去了哪场派对，飞机乘务员待你如何，你对时下的政治乱象有何高见：社交媒体假定，即使是最微不足道的主观微叙事，不仅值得用日记这样私人的方式记录下来，也值得分享给他人。美国总统如今就在践行这个假定。诸如《纽约时报》这类媒体上传统的“硬”新闻报道已经逐步软化，让“我”及其个人的声音、观点与印象占据头版焦点，而书评人讨论书籍时，也越来越少受到客观性的约束。在以前，拉斯柯尔尼科夫[1]和莉莉·巴

---

[1] 俄国作家陀思妥耶夫斯基（1821—1881）作品《罪与罚》的主人公。

特[1]是否招人喜爱并不重要，但“是否可爱”这个问题本身，及其隐含的对评论者个人情感的重视，如今成了批判性评价中的关键因素。虚构类文学自己也变得越来越像随笔。蕾切尔·卡斯克[2]和卡尔·奥韦·克瑙斯高[3]写出了近年最具影响力的几部小说，这些作品将自觉的第一人称自述式写法提升到了新的层次。他们的死忠读者会告诉你，想象与虚构已是过时的诡计；采用一个不同于作者自身的主观视点是一种盗用行为，甚至有殖民主义之嫌；唯一真实且在政治上站得住脚的叙事模式是自传。

与此同时，个人化的随笔本身——那种用于诚恳的自省，并始终激发思想的书面工具；那种由蒙田开辟，经由爱默生、伍尔夫和鲍德温发扬光大的文体——正变得黯然失色。大多数大发行量的美国杂志几乎都已停止刊载纯粹的随笔。这一文类主要坚守在小型出版物中，它们的读者加在一起还没有玛格丽特·阿特伍德的推特粉丝多。我们应当哀悼随笔的消亡吗？抑或应该庆祝它对更大众的文化的征服？

分享一段私人且主观的微叙事：关于随笔写作，我学到的为数不多的几课，都是我在《纽约客》的编辑亨利·芬德教我

① 美国作家伊迪丝·华顿（Edith Wharton，1862—1937）作品《欢乐之家》的主人公。
② 蕾切尔·卡斯克（Rachel Cusk，1967— ），英国作家，代表作有小说三部曲《边界》《过境》《荣誉》等。
③ 卡尔·奥韦·克瑙斯高（Karl Ove Knausgård，1968— ），挪威作家，代表作有自传小说《我的奋斗》等。

的。我初次找上亨利是在一九九四年，当时我极为缺钱，又一心想成为记者。基本算是靠着狗屎运，我写了一篇关于美国邮政系统的文章，居然得以刊载；接着我又写了篇关于塞拉俱乐部[①]的，由于天生能力有限，此文未被采用。正是在那时，亨利表示我或许有点做随笔作家的天分。我曾听见他说“鉴于你显然是个糟糕的记者”，并否认我有任何这类天赋。作为中西部人，我从小就厌恶喋喋不休地谈论自己，而且我还另有一种偏见，它源自对小说写作某种顽固不化的观念：同样的事如果更适合描写出来，那就不要平铺直叙。但我还是需要钱，所以一直给亨利打电话，问他能不能让我写些书评。有一次通话时，他问我对烟草行业感不感兴趣——这是理查德·克鲁格[②]一部重磅历史新书的主题。我很快回应道：“香烟是我在这个世界上最不想去考虑的事。”亨利的回话比我还快：“正因如此，你必须写写它。”

这是亨利教给我的第一课，也一直是最重要的一课。我在二字开头的年纪里一直吸烟，之后在三十出头的时候成功戒了两年。但在被布置写那篇邮局文章，变得相当害怕拿起电话介绍自己是一名《纽约客》记者时，我又复吸了。在那之后的数年中，我努力把自己想成一个不吸烟的人，或者说，至少是一个尽管还在抽烟，但再次戒烟的决心坚定不移到足以被称为非

① 塞拉俱乐部（Sierra Club），美国历史最悠久、规模最庞大的草根环境组织。
② 理查德·克鲁格（Richard Kluger，1934— ），美国作家，曾获得普利策奖。

吸烟人士的人。我的心理状态就像一个量子波函数，只要我绝不对自己进行测度，我可以完全是一个吸烟者，但同时又完全不是。我当时立刻明白，写关于香烟的文章会强迫我测度自己。这就是随笔的作用。

我的母亲也是个问题，她的父亲死于肺癌，因而她强烈抵制烟草。抽烟这事儿，我对她隐瞒了超过十五年。我之所以要一直保持吸烟 / 不吸烟的不确定性，一个原因便是我不喜欢对她撒谎。一旦再次成功戒烟，永不再犯，波函数便会坍缩，我就会变成我向来自居的百分百的不吸烟者——但前提是，我不先在书面上将自己的吸烟者形象公之于众。

蒂娜 · 布朗[①] 把亨利招进《纽约客》时，他还是个二十来岁的小神童。他有一种独特的说话方式，声音有点中气不足，口齿极为清楚，听着却像在咕哝，就像一篇精心编辑但字迹难辨的散文。我惊叹于他的智慧与博学，很快就变得战战兢兢，总担心让他失望。他那句充满激情地加重了语气的"正因如此你必须写写它"——我所认识的人当中，只有他能重读首词"正因如此"又使用祈使词"必须"还不惹人反感——让我产生了期待，希望自己已经在他的意识中占据了一席之地。

于是我开始写这篇随笔，每天都在我起居室窗户上的箱式风扇前抽掉半打低焦油香烟，最终交出了我为亨利写的唯一一

① 蒂娜·布朗（Tina Brown，1953— ），作家、编辑，曾出任《闲谈》《名利场》《纽约客》等著名杂志主编。

篇不需要他编辑的东西。我不记得我母亲是怎么看到这篇随笔的，也不记得她是写信还是打电话告诉我她感觉被深深地背叛了的，但我的确记得她在之后的六个星期都没有联系我——这是她对我保持沉默的最长纪录，远超过任何一次。这正是我担心的。但当她心情平复，又开始给我寄信时，我感觉她看到了我本来的样子，以一种我之前从未感受过的方式，看到了真正的我。这不仅是因为我一直对她隐藏了“真实的”自我，更是因为那个自我似乎从来就没有真切地存在过。

在《非此即彼》（*Either/Or*）中，克尔凯郭尔[①]嘲笑了“忙碌的人”——对于他们，忙碌是一种逃避诚实自省的途径。你或许会在夜里醒来，意识到你在婚姻中是多么孤独，或者其实需要考虑一下自己的消费水平对地球有什么影响，但第二天有一百万件小事等着你做，后天你又有另外一百万件事要做。只要小事没完没了，你就永远不必停下来面对更大的问题。写作或者阅读随笔并不是停下来自问你到底是谁以及你的人生意义几何的唯一方式，但它是一种很好的方式。而如果你考虑到与我们的时代相比，克尔凯郭尔的哥本哈根简直悠闲到了可笑的地步，那些主观的推文和草率写就的博文似乎就没有那么像随笔了。它们更像是一种逃避的方式，逃避真正的随笔迫使我们

① 索伦·克尔凯郭尔（Søren Aabye Kierkegaard，1813—1855），丹麦宗教哲学心理学家、诗人，现代存在主义哲学的创始人。《非此即彼》为其作为自由思想家的起步之作。

面对的一切。我们整天在屏幕上读着那些绝不会费心在纸质书上阅读的东西，一边抱怨自己有多忙。

我在一九九七年第二次戒烟。之后是二〇〇二年，最后一次戒。再之后是二〇〇三年，最后的最后一次——除非你把我在写这篇文章时流动在血液中的无烟尼古丁也算在内。尝试写一篇真诚的随笔并没有改变我自身的多面性：我仍然同时是一个屈服于本能的瘾君子，一个为自己的健康担忧的人，一个永远的少年，一个自我疗愈的抑郁症患者。如果我停下来花时间评估一下的话，唯一改变的，就是我的多重自我身份拥有了实质。

文学的奥秘之一就在于，作者和读者都能感知到的个人实质同时处于他们二者的身体之外，存在于某种纸页之上。我如何能从我正在书写的东西中，感受到比在我的身体中更为真实的自我？我如何能借由阅读另一个人的文字，感到比坐在她身边时与她更加亲近？答案多少在于，写作和阅读都要求全神贯注。但它肯定也和那种只可能存在于页面上的排列方式有关。

这里或许可以提一下我从亨利·芬德那里学到的另外两堂课。一个是“每一篇随笔，甚至一篇评论文章，都在讲述一个故事”，另一个是“只有两种组织材料的方式：‘物以类聚’和‘由此及彼’”。这些准则似乎不言自明，但任何高中或大学的作文评卷人都会告诉你并非如此。我觉得尤其不为人知的是，一篇评论文章竟应该遵循戏剧规则。然而：一篇优秀的议论文，难道不是以提出某个困难的问题开头的吗？随后它难道不是借助一个大胆的论点来回避这个问题，用异议与反驳设置障碍，最终通过一系列反转，把我们引向一个意想不到却令人满意的结论的吗？

如果你接受亨利的论点，认为一篇成功的文章是以故事的形式来组织素材；如果你和我一样相信，我们的身份是由我们讲述的关于自我的故事构成，那么合乎情理的是，我们应当从写作之苦与阅读之乐中，感受到个人实质的强烈冲击。当我独自在树林中，或者与朋友聚餐时，我会被大量向我涌来的随机的感觉材料所淹没。写作行为几乎删去了一切，只留下字母和标点符号，以及朝着非随机状态而去的发展。有时候，在整理一个熟悉的故事中的元素时，你会发现它的意思与你之前所想的并不一致。有时候，特别是在论述中（“由此推彼”），需要一种全新的叙述形式。练习将一个引人入胜的故事塑造成形，可以让那些你只是隐约感觉拥有的思想与感受变得更加具体而清晰。

如果你面对的是一大堆看上去不适合写成故事的素材，亨利会告诉你，唯一的出路是把它们归类，将相似的元素组合起来：“**物以类聚**”。至少，这是一种有条理的写作方法。但模式也有办法变成故事。要想解释唐纳德·特朗普何以能在他被普遍唱衰的大选中获胜，很容易让人想到构思一个“由此及彼”

的故事：希拉里·克林顿处理电子邮件时粗心大意，但司法部选择不起诉她，接着安东尼·韦纳[①]的电子邮件曝了光，然后詹姆斯·科米[②]向国会报告说希拉里可能仍有麻烦，随后特朗普便赢得了大选。但更有效的做法或许是把相似的素材组合起来：特朗普的胜利好比英国脱欧公投，也像在欧洲复苏的反移民民族主义。希拉里对她电子邮件傲慢而草率的处理，与她宣传不力的竞选活动如出一辙，也正如她没有在密歇根州和宾夕法尼亚州加大竞选力度的失策。

大选日当天我人在加纳，和我的兄弟以及两个朋友一起观鸟。在我前往非洲之前，詹姆斯·科米给国会的报告就已经为竞选带来了变数，但纳特·西尔弗[③]的权威民调网站“五三八”（FiveThirtyEight）仍然预测特朗普只有三成的胜算。我早早就为克林顿投了一票，因此在到达阿克拉[④]时，我对大选只有些许担忧，并庆幸自己在竞选期的最后一周选择了旅行，从而免受每天刷十遍“五三八”网站之苦。

我在加纳沉溺于另一种强迫症中。说来惭愧，我就是观鸟界人们所说的“列清单者”（lister）。这倒不是说我不喜欢鸟类

① 安东尼·韦纳（Anthony Weiner，1964— ），美国民主党前政治家。
② 詹姆斯·科米（James Comey，1960— ），美国政府官员，共和党人。
③ 纳特·西尔弗（Nate Silver，1978— ），美国统计学家、作家及政治性网站 538.com 的创始人。
④ 阿克拉（Accra），加纳首都。

本身。我观鸟是为了体验它们的美丽与多样性，增进对它们的习性与所处生态系统的了解，外加在没去过的地方长时间专注地走一走。但我也的确列了太多的观鸟记录清单。从二〇〇三年开始的每个自然年中，我不仅计算自己在世界各地看到的鸟的种类，还计算我在每个国家，美国各个州，以及各种较小的地点观察到的鸟类，包括我的后院。我可以将自己这种强迫般的计数行为合理化，变成一种打着热爱名义的额外的小游戏。但我真的无法控制自己。相比为了纯粹的快乐而观鸟的人，这让我在道德层面上就低了一等。

加纳之行给了我一个机会，打破列出一千二百八十六种鸟类的个人年度纪录。二〇一六年我已经记录了八百多种鸟，而且根据我在网上的调查，类似我们的这种旅行有过记录下接近五百种鸟的纪录，其中只有一小部分在美国也很常见。如果我能在非洲见到四百六十种年度特别鸟类，并利用在伦敦停留的七个小时，在希思罗机场附近的一个公园里轻轻松松收获二十种欧洲鸟类，二〇一六年将会是我战绩最佳的一年。

我们在加纳可谓大开眼界，看到了西非特有的美丽蕉鹃和食蜂鸟。但这个国家仅存的为数不多的森林正在狩猎与砍伐的威胁下岌岌可危，我们冒着酷暑穿行其间，却收获甚微。到大选日当晚，我们已经错失了观察好几个目标鸟类的唯一机会。第二天一大早，美国西海岸的票选仍在进行，我打开手机，只是为了确认希拉里即将获选的好消息。没想到，我收到的却是身在加利福尼亚的朋友们发来的短信噩耗，附有他们盯着一台电视愁眉不展，我的女友像婴儿一样蜷缩在沙发上的照片。《时代》杂志当时的头条是“特朗普拿下北卡罗来纳，势头正盛；希拉里胜机愈发渺茫”。

除了去观鸟也做不了什么了。在恩苏塔森林中的一条路上，我躲避着装载木材的卡车，它们横冲直撞的架势让我想起了特朗普，而我仍然紧抓着希拉里还有获胜希望的想法不放，这时我看见了几只黑弯嘴犀鸟，一只西非鹃隼和一只哀啄木鸟[①]。当我们重新进入网络覆盖范围后，这个大汗淋漓但收获颇丰的早晨以那个“手指粗短的暴发户”（《间谍》杂志起的令人难忘的绰号）成为我国新任总统的消息而告终。这一刻，我才意识到之前我对纳特·西尔弗给特朗普开出的三成胜算究竟是怎么解读的。不知为何，我一度认为这个数字意味着，在最坏的情况下，世界的糟糕程度可能会在大选日之后增加百分之三十。当然，这个数字实际上表示，世界百分百变得更糟的概率是百分之三十。

我们一路北上，前往更为干燥和空旷的加纳北部，路上遇到了一些我长久以来梦寐以求的鸟类：埃及燕鸻，洋红蜂虎，以及一只雄性缨翅夜鹰，它的翅膀上长着长得不可思议的翼带，让它看上去就像一只被两只蝙蝠穷追不舍的夜鹰。但比起我需

① 我遵循标准的鸟类学惯例，在讨论鸟的种类时将它们英语名称的首字母大写。许多啄木鸟都称得上是哀伤的，但只有一种被叫作“哀啄木鸟”。——原注

要保证的年度观鸟数量，我们的进度落后得越来越多。我后知后觉地意识到，我在网上查到的此行能发现的鸟类清单，包括了那些只有耳闻、并无眼见的鸟类，可我必须要见到才能算数。那些清单就像纳特·西尔弗一样，一度让我燃起希望。而此时此刻，每一个我错过的目标鸟种都让我的压力越来越大，因为这意味着如果我想打破自己的纪录，就要看到余下的所有鸟种，甚至包括毫无希望的目标。这只是个愚蠢的年度清单，到最后连我也觉得它毫无意义，但大选日之后那个早晨的头条新闻一直纠缠着我。我要的不是二百七十五张选举人票，我要的是四百六十种鸟类，而我的获胜之路正变得愈发狭窄。最终，旅行结束前四天，在布基纳法索边境附近一座大坝的泄洪道上，在本来指望在那里看到六种没见过的草原鸟类却一只都没见着的情况下，我不得不接受失败的现实。我突然意识到，我真的应该留在家里，安慰为大选结果伤心的女友，发挥抑郁的悲观主义者的唯一一大优势，那就是习惯在黑暗时刻报以大笑。

那个手指粗短的暴发户是如何入主白宫的？等到希拉里·克林顿在大选后再次发表公开演讲时，她采用了一种“由此及彼”的叙述，这样一来，用“物以类聚”的方式描述她的性格就更为可信了。她对电子邮件处理不当，把特朗普的支持者称为“一篓子可怜虫”，但这无所谓。选民们可能有充分的理由对她代表的自由派精英不满；可能会在认为全球财富的总体增长是以中产阶级的利益为代价的情况下，意识不到自由贸易、开放边境和工厂自动化的合理性；可能对联邦政府将自由派的城市价值观强加于保守农村社区的行为深恶痛绝，但这些都无所谓。根据希拉里的说法，她的失利都是詹姆斯·科米的错——或许也是俄罗斯人的错。

必须承认，我对此也有自己的一套叙述上的合理解释。当我从非洲回到圣克鲁斯的家中时，我的进步派朋友们仍然对特朗普的获胜感到相当费解。我想起了有一次，在和乐天派社交媒体专家克莱·舍基[①]一起参加一个公开活动时，他向观众讲述了当大众点评服务网站 Zagat 将联合广场咖啡馆评为全城最佳餐厅时，纽约的餐厅评论家们是多么“震惊”。舍基的观点是，职业评论家们并不如他们自认为的那样聪明——事实上，在大数据时代，评论家甚至连存在的必要都没有了。姑且不论联合广场咖啡馆正是我在纽约最喜欢的餐厅（大众是对的！），我在活动现场略有不快地想，舍基是否认为书评人们也很愚蠢，因为他们觉得艾丽丝·门罗是比詹姆斯·帕特森更好的作家。但如今特朗普的胜利同样证明了舍基对专家的嘲讽是正确的。社交媒体让特朗普得以绕过批评界，而在几个关键的摇摆州，正好有足够多的大众认为他的低级喜剧和煽动性演讲比希拉里细致的论点与对政策的把握更“好”。“由此可得”：没有推特和

---

① 克莱·舍基（Clay Shirky，1964— ），美国作家、顾问、客座讲师，以研究互联网技术的社会和经济影响见长。

脸书，就没有特朗普。

选举结束后，马克·扎克伯格似乎短暂地表示了自己也该承担一些责任，至少表达了那么一点儿意思吧，毕竟关于希拉里的假新闻是在他创立的平台上大行其道，他还表示脸书可以在新闻过滤方面表现得更积极。（祝他好运。）至于推特，则一直默不作声。特朗普的推文一直发个没完，推特又能说什么呢？说它正在让世界变得更美好？

十二月里，我最喜欢的圣克鲁斯电台 KPIG 开始播出一则假广告，为痴迷于反特朗普的推文与脸书帖子的人提供咨询服务。接下来的一个月，在特朗普就职前一周，美国笔会中心[①]在全国范围内举办活动，坚决抵制它口中特朗普所代表的对言论自由的侵犯。虽然特朗普政府颁布的旅行禁令的确让伊斯兰国家的作家在美国更难发声，但在一月份，唯一不能用于指责特朗普的一个论点就是限制言论自由。他谎话连篇、盛气凌人的推文，正是打了兴奋剂的自由言论。就在几年前，美国笔会自己还给推特颁发过言论自由奖，表彰它在“阿拉伯之春”运动期间作为个人发布平台所发挥的作用。“阿拉伯之春”的实际结果是政治上的倒退，而在特朗普手中，推特展现的形象却是一个为煽动者们量身定制的平台。但讽刺的还不止这些。在一月的同一周，美国的进步派书店和作者发起了对西蒙与舒斯特

① 美国笔会中心（PEN American Center），成立于 1922 年，美国最大的文化组织之一。

出版公司的抵制，原因是该公司计划出版一本可怕的右翼煽动者米罗·雅诺波鲁斯[①]写的书。愤怒至极的书店甚至表示要拒绝上架所有西蒙与舒斯特公司的书，预计也包括美国笔会主席安德鲁·所罗门的作品。直到西蒙与舒斯特公司废除与雅诺波鲁斯的合同，争论才得以平息。

特朗普和他的另类右翼支持者们很享受撩拨政治正确人士神经的快感，但这种做法之所以有效，是因为有这样的人供他们撩拨——学生和激进分子声称自己有权不听令他们不快的言论，并对冒犯了他们的观点大声回呛。党同伐异在网上尤其盛行，节制的言论会遭到无人点击的冷遇，脸书与谷歌隐形的算法只让你看到你赞同的内容，而因为害怕被攻击、挑衅或者解除好友，异议的声音保持着沉默。最后的结果就是形成了一个密闭仓，无论你站在哪一边，你都会觉得讨厌自己讨厌的事物是天经地义的。这就是随笔与那些表面上与其类似的主观言论的另一个区别。随笔植根于文学，而最杰出的文学——例如艾丽丝·门罗的作品——会引你自问是否有错，甚至可能大错特错，并想一想为什么会有人讨厌你。

三年前，气候变化问题曾让我怒不可遏。共和党始终谎称科学界在气候问题上缺乏共识——佛罗里达州的环境保护部已

① 米罗·雅诺波鲁斯（Milo Yiannopoulos，1984— ），出生于英国，极右翼政治评论员、记者、辩论家。

经到了禁止其雇员写“气候变化”这几个字的地步，因为佛州的共和党州长坚称气候变化不是“真的事实”——不过我对于左派的愤怒也没有少多少。我读过娜欧米·克莱因[①]的一本新书，《天翻地覆》（*This Changes Everything*），书中她向读者保证，虽然“时间紧迫”，但我们仍有十年时间彻底重塑全球经济，并防止全球温度在本世纪末上升超过两摄氏度。克莱因的乐观主义很感人，但它也是一种否认主义。即使在唐纳德·特朗普当选之前，都没有证据显示人类有能力——不管是在政治上、心理上、伦理上还是经济上——快速大幅削减碳排放以改变一切。哪怕是气候问题上的先行者，喜欢对其他不负责任的地区指手画脚的欧盟，仅仅在二〇〇九年经历了一次衰退后，就将重心转移到了经济增长。除非接下来的十年内在全球范围内兴起一场对自由市场资本主义的反抗——也就是克莱因声称的能拯救我们的一线生机——本世纪气温最有可能的上升幅度大约是六摄氏度。如果能在二〇三〇年之前避免升高两摄氏度，那就算我们走运了。

在一个空前分裂的政体中，关于全球变暖的真相对于左派甚至比对右派更为棘手。右派的否认是丑陋的谎言，但至少它符合某种冷眼旁观的政治现实主义。而左派在斥责了右派思想上的不诚实，并将气候否认主义变成一种政治集会口号之后，

---

① 娜欧米·克莱因（Naomi Klein，1970— ），加拿大记者、作家、社会活动家，以从政治方面对全球化的批判闻名。

如今陷入了某种两难境地。他们不得不一边强调气候科学的真相，一边坚持全世界的集体行动可以避免最坏情况发生的这种空想：假如全世界都能接受这些事实——原本早在一九九五年就能做到扭转乾坤——现在仍然可以力挽狂澜。否则，共和党人对科学提不提出质疑又有什么区别呢？

因为我同情左派——减少碳排放比无动于衷要好得多，就算只降低半摄氏度也有帮助——我也对他们有更高的标准。否认残酷的现实，这作为一种策略是可以理解的，它能让人们有动力减少排放，让人抱有希望。然而作为一种战略，它弊大于利。它放弃了道德高地，侮辱了未被说服的选民的智商（"真的吗？我们还有十年时间？"），并妨碍了对相关问题开诚布公的讨论，例如国际社会应该怎样为剧烈变化做准备，以及像孟加拉国这样的国家应该如何从美国等国对其的所作所为中获得补偿。

缺少坦诚也造成了本末倒置。在过去的二十年中，环保运动一直执迷于单一问题。部分是出于真诚的警示，部分也是由于在政治上，突出人类的问题比谈论大自然风险更低——更不那么精英主义——因而大型的非政府环保组织都将它们的政治资本投在应对气候变化上，因为这是一个与人类相关的问题。作为一个鸟类爱好者，尤其让我愤怒的一个非政府组织是奥杜邦学会[①]，它曾经是鸟类的坚定捍卫者，如今成了一个拥有

① 奥杜邦学会（National Audubon Society），建立于 1905 年，是一个以著名画家、博物学家奥杜邦命名，专注于自然保育的美国非营利性民间组织。

庞大公关部门的懒散机构。二〇一四年九月，它的公关部大张旗鼓地向全世界宣布，气候变化是北美洲鸟类的头号威胁。这一声明既在狭义上不诚实，因为它的措辞与奥杜邦自己的科学家的结论并不一致，在广义上也是欺骗，因为没有一只鸟的死亡可以直接归咎于人类的碳排放。二〇一四年，对美国鸟类构成最严重威胁的是栖息地的丧失与户外的猫类。借着“气候变化”这个时髦词，奥杜邦得到了自由派媒体的大量关注，在否定科学的右派面前又赢得了一分。但我们完全不清楚这对鸟类有什么帮助。在我看来，奥杜邦声明唯一的实际效果，是阻止人们解决当前自然面临的真正威胁。

我非常恼火，决定最好还是写一篇随笔。我先是对奥杜邦学会大加抨击，再引申为对整个环保运动充满蔑视的谴责，之后便开始在悔恨与怀疑的侵扰下屡屡在夜里惊醒。对于写作者来说，一篇文章就是一面明镜，而我不喜欢在这面镜子里看到的自己。我为什么要斥责自由派同仁呢？否定论者明明要糟糕得多。我攻击的群体对气候变化前景的厌恶在任何方面都不比我少。全球气温每升高一摄氏度，全世界就有更多数以亿计的人因此受苦。难道不值得全力以赴去减少哪怕半摄氏度吗？当孟加拉国的孩子们面临威胁时还在谈论鸟类，难道不是很可恶吗？是的，我的文章的前提，是我们对其他物种也和对人类自己一样拥有道德责任。但万一这个前提是错的呢？就算它是对的，我个人真的关心生物多样性吗？抑或我只是个喜欢观鸟的优越的白人男性？而且我甚至都不是真心爱观鸟本身——我是个鸟类清单狂！

经过三个晚上对自己人格与动机的怀疑之后，我给亨利·芬德打了个电话，告诉他我写不了这篇文章。关于气候问题，我已经向我的朋友和志同道合的环保主义者们抱怨得够多了，但那和很多网上的厥词一样，本来就是些即兴的文字，而且你也知道受众都很友好，你不会因此受到什么伤害。尝试写一篇完整的东西，一篇随笔，让我意识到自己想法的草率。它还大大增加了让我蒙羞的风险，因为随笔写作并不随意，也因为它的读者很可能是怀有敌意的陌生人。遵循亨利的箴言（“正因如此”），我开始把随笔作家看作消防员，当所有人都在逃离羞辱之火海时，他们的职责就是径直冲进去。但这次，我有远比我母亲的反对更需要担心的事。

假如我没有点击奥杜邦学会网站上的按钮，确认：是的，我想加入他们一起应对气候变化，我的随笔可能会一直搁浅。我这么做只是为了搜集能反过来对付奥杜邦的文字弹药，但这一点击却导致大量直邮的募资信件接踵而至。六个星期内我至少收到了八封，每一封都要求我捐钱，我电子邮箱的收件箱里也收到了一堆类似的邮件。和亨利通话的几天后，我点开了其中的一封，发现眼前是一张我自己的照片——幸好拍得还不错，是二〇一〇年我为《时尚》杂志拍摄的，他们比我本人更会打扮我，让我拿着双筒望远镜在田野里摆好姿势，像个观鸟者一样。邮件的标题则是“和作家乔纳森·弗兰岑一起支持奥杜邦”一类的话。在几年前接受奥杜邦杂志采访时，我确实曾礼貌地称赞了这个机构，至少夸过它的杂志。但将我的名字和形象用于募资可从未经过我的许可。我甚至不确定这封邮件是否合法。

促使我重新提笔写那篇随笔的正向刺激来自亨利。就我所知，亨利对鸟类完全不关心，但他似乎看中了我论述中的一点：我们对于未来灾难的关注，阻碍了我们解决此时此地尚可解决的环境问题。在一封写给我的电子邮件中，他温和地建议我避免先知式的轻蔑语气。“让这篇文章更有说服力的办法，”他在另一封邮件中写道，“说来讽刺，就是让它多一点暧昧，少一丝论辩。你不是要痛打那些想让我们关注气候变化和减少排放的人。但你很关注为此付出的代价，以及被他们的话语边缘化的事物。”一封接一封的邮件，一次又一次的修改，亨利推动着我将这篇随笔打造成一篇诘问而非一份谴责：当世界似乎万劫不复时，我们如何在自己的行动中找到意义？最后一稿的大部分篇幅都贡献给了秘鲁和哥斯达黎加的两个成熟的区域保护项目。在那里，世界真的正在变得更加美好，不仅是对野生动植物而言，对居住在那里的秘鲁人和哥斯达黎加人也是如此。为这些项目做出的努力，对个人意义非凡，也有迅速而可见的回报。

写到这两个项目时，我希望有一两个大型的慈善基金会——那种会把数千万美元花费在开发生物柴油或者厄立特里亚的风力农场上的基金会——能读到这篇文章，并考虑投资能产出实际成果的工程。相反，我却遭到了自由派圈子的狂轰滥炸。我不用社交网络，但我的朋友告诉我，我在网上的外号五花八门，包括“笨鸟”和“气候变化否认者”。我的文章被截取成推文长度的片段，再被断章取义地转发，看起来就好像我在提议放弃减少碳排量的努力，而这正是共和党的立场——在网络话语两极分化的逻辑下，这就使我变成了一个气候变化否认者。事实上，正出于对气候科学的认可，我都懒得对南北极的冰盖抱有希望。我所否认的不过是，一群头脑清楚的国际精英在全世界的高档酒店开开会就能够阻止冰盖的融化。就这样，我挑战了正统，犯下了罪过。自由派对气候问题的想象已经故步自封，任何转变对话的尝试——甚至是尝试谈论人类无须气候变化的帮助就已造成的大规模灭绝事件——都等同于对信仰的冒犯。

我确实同情那些谴责我文章的气候变化专家。他们几十年来一直努力引起美国社会的警觉，终于得到了奥巴马总统的支持；他们还达成了《巴黎协定》。我现在指出这些事实，确实显得不合时宜：急剧的全球变暖已成定局，而人类似乎不太可能不把土地中的碳用完，因为即使到了这个时候，也还没有一个国家承诺会这么做。我也理解替代能源行业的愤怒，它和其他行业并无二致。如果你承认，可再生能源项目只是一种缓和策略，它无法扭转过去的碳排放在未来几个世纪内仍将造成的持续危害，这就为更多对该行业的质疑打开了方便之门。比如，我们真的需要这么多的风车吗？它们必须被放置在生态脆弱的地区吗？还有莫哈韦沙漠中的太阳能农场——用太阳能电池板覆盖洛杉矶市区，把露天空地留出来，难道不是更合理吗？为了拯救自然界，某种程度上我们是不是正在摧毁它？我相信，管我叫“笨鸟”的一定是个行业博主。

至于奥杜邦，我早该从募集资金的邮件中看透其管理风格，但我还是被它对我文章的反应震惊了，那是对我的人身攻击，而它在两个月前刚刚无所顾忌地盗用了我的名字和形象。诚然，我的随笔对奥杜邦确实是爱之深、责之切。我希望它停止胡来，不要空谈五十年之后的事，更加积极地保护我们共同热爱的鸟类。但显然，奥杜邦只能看出此文威胁到了它的会员数量和筹款努力，因而不得不彻底否定我这个人。我听说奥杜邦的会长发表了四篇不重样的针对我个人的抨击。这就是如今大统领们做的事。

他达到了目的。我甚至都没读过那几篇抨击文章——知道别人在读就够了——但我感到无地自容。这种感觉和八年级时一样，我被本不该影响我的排挤和辱骂伤得不轻。我真希望我当初屈从于自己夜里的恐慌，把想法埋藏在了心里。极度苦恼之下，我给亨利打了电话，把我所有的羞愧和悔恨向他一股脑儿倾吐而出。他用他那种几乎难以听清的声音回复说，网上的反应只不过是一种天气。“对于舆论，”他说，“先有天气，再形成气候。你想改变气候，那需要时间。”

他的话我相信与否并不重要。能感到有亨利这么一个人不恨我就已足够。我安慰自己说，虽然气候过于宏观且混乱，个人无力将其改变，但个体仍然能在努力改善一个受难的村庄、帮助一个全球性非正义下的受害者中找到意义。或者把对象换成一只鸟、一位读者也是一样。网上的风波平息之后，我开始在私下里收到一些环保工作者的来信，他们和我一样沮丧，但不敢冒险表态。我收到的信件不多，但并不一定需要很多。我对每个写信人的感觉是一样的：我那篇随笔是为你而写。

但是现在，两年半过去了，随着冰架崩塌，“推特治国总统”退出《巴黎协定》，我变得不确定起来。我如今可以承认，我写那篇随笔不仅是为了鼓舞一些环保主义者，并将部分慈善资金转移到更好的事业上。我真的很想改变气候。现在也是如此。我和我文章批评的那些人一样，意识到全球变暖是我们时代的主要问题，或许也是全人类历史上最重大的问题。我们每个人如今的处境，和当年欧洲人带着枪炮和天花到来时美国原住民的处境相同：我们的世界即将发生巨大而难以预测的变化，而且多半会变得更糟。我对我们能阻止变化到来不抱任何希望。我唯一的希望是我们能及时接受现实，人道地迎接它的到来，而我唯一的信念是，诚实以对总要好过拒绝接受，无论这可能会有多么痛苦。

如果让今天的我来写那篇随笔，我可能会把以上文字都放进去。当年发表的那篇随笔之镜倒映出的是一个愤怒的、热爱鸟类的、自觉比大众聪明的异类。那个形象可能是我，但并不是我的全部，一篇更好的文章本可以反映这一点。在一篇更好的随笔中，我可能仍然会给予奥杜邦它应得的谴责，但我会对其他让我愤怒的人表示出更多的同情：对气候问题活动家，二十年来，随着碳排放的上升，必要的减排目标变得越来越不现实，他们眼睁睁看着胜利之路令人痛苦地越走越窄；对那些替代能源行业的工人，他们有家庭要养，同时也在努力寻找石油以外的方案；对非政府环保组织，它们认为终于找到了一个能唤醒全世界的议题；对左翼人士，随着新自由主义及其技术将选民集体降格为个人消费者，他们把气候变化视为支持集体主义的最后一个强有力论据。我会尤其牢记所有比抑郁的悲观主义者需要更多希望的人，对于他们，不愿设想未来将是炎热、灾害频仍、悲惨不堪的，这也情有可原。我本该将这篇随笔一直修改下去的。

曼哈顿，1981

我和女朋友 V 即将大学毕业，在迈出下一步之前有一整个夏天可以浪荡，纽约在召唤。V 北上前往纽约，签下了一间租期三个月的公寓，屋主是一名哥伦比亚学生，叫鲍比 · 阿特金斯，他可能是阿特金斯饮食法[①]发明者的儿子，也可能只是我们乐于想象他是。他的住所位于 110 街与阿姆斯特丹大道路口的西南角，有两间小卧室，脏得无可救药。六月，我们带着五分之一瓶添加利金酒，一条特醇万宝路和一本玛塞拉 · 哈赞[②]的意大利食谱书搬了过去。有人丢下了一只软趴趴的黑豹毛绒玩具，产自韩国，我们决定把它据为己有。

---

① 阿特金斯饮食法（Atkins Diet）是美国医生罗伯特 · 阿特金斯于 1970 年提出的低碳水减肥方法，在 00 年代风靡北美。

② 玛塞拉 · 哈赞（Marcella Hazan，1924—2013），用英语写作的意大利烹饪作家，被誉为“意大利料理教母”。

我们过着边缘生活。在全面的中产阶级化和大规模监禁之前，这座城市明显是黑白分明的。当一位年轻的哈莱姆区喜剧演员在上城区的地铁3号线上表演“魔术”，让所有白人乘客在96街车站统统消失时，我仿佛经受了公审，因自己的白人身份获罪。我们有个叫乔恩·贾斯蒂斯的朋友——那个夏天一直把托马斯·品钦的《V.》塞在他灯芯绒裤子的后兜里——在格兰特将军墓遭到了抢劫，他本不该去那里的。我为城市的美着迷，但又病态般地害怕被枪击。在纽约，阿姆斯特丹大道是一条清晰的分界线，我只去过它的东边一次，那天我误打误撞坐上一班C线地铁到了110街站，从那里步行回家。当时已是傍晚，没有人注意我，但我吓得头昏脑涨。让我愈发感觉受到威胁的，是我们窗户上沉重的遮光安全门，以及门厅里的防盗锁，它的钢杆锚定在地板上，斜着伸到前门上的一个插槽里。它让我联想起我们隔壁的邻居，一个患有严重老年痴呆的白人男子。他会猛敲我们的门，或者站在楼梯平台上，只穿着睡裤，一遍遍地骂着脏话，断言他的妻子和黑人有染。我也很害怕他，我恨他说出了我们自由派孩子默默接受的种族区分。

理论上，V和我在尝试写小说，但正值酷暑，阿特金斯家又像监狱般阴森，加上蟑螂和游荡的邻居，这些都让我感到窒息。V和我争吵、哭泣、和解，一起玩那只玩具黑豹。我们练习烹饪和符号学批评理论，出门——总是去西边——探索塔利亚餐厅、湖南阳台餐厅和莎草纸书店，我在那里买了最新的

Semiotext(e) 期刊[①]以及德里达[②]与肯尼斯 · 伯克[③]的大部头理论书。我完全不记得我的钱是哪儿来的了。但可以想象的是，尽管我的父母不喜欢纽约，也反对我和 V 同居，他们还是给了我几百美元。我确实记得我给各种杂志寄信询问有无带薪实习的机会，却被告知我需要提前六个月申请。

幸运的是，我的哥哥汤姆那年夏天也在纽约，为年轻有为的摄影师格雷戈里 · 海斯勒做公寓改造。汤姆当时住在芝加哥，和海斯勒在那里的一个朋友一起来到东部，后者想做装修生意，希望从我哥哥那里学到些技术，然后平分利润。但海斯勒看出汤姆什么都懂。不久，那个朋友就被打发回了芝加哥，汤姆手下没有干活的了。这就成了我的工作。

海斯勒是一位肖像摄影师，后来让他名噪一时的，是他用双重曝光技术拍摄的老布什总统的照片登上了《时代》杂志封面。他的 loft 公寓位于百老汇大街和豪斯顿街的拐角处，电报大厦的顶层，那里当时是血汗工厂的老巢，后来成了安吉利卡电影院的所在地。这座大楼被划为商用，但汤姆和海斯勒并没有费事去申请市政许可，因此至少对我来说，汤姆正在摄影工

① 著名法国思想家、文学批评和文化理论家西尔维尔 · 洛特兰热（Sylvère Lotringer，1938—2021）于 1974 年在哥伦比亚大学任教期间创立的期刊，后发展为同名独立出版社。

② 雅克 · 德里达（Jacques Derrida，1930—2004），当代法国最重要、也最受争议的哲学家之一，解构主义哲学的代表人。

③ 肯尼斯·伯克（Kenneth Burke，1897—1993），美国文学理论家、诗人、散文家、小说家。

作室南墙后面搭建的隐秘公寓有着一丝违法的刺激感。海斯勒想让公寓里的每个平面都覆盖上一种时髦的灰色塑料层压板，上面凸起的小圆点使得用槽刨给它滚边这事儿变成了一场噩梦。我在缭绕的丙酮烟雾中度过了许多漫长的下午，清理层压板上的橡胶黏合剂，汤姆则在另一个房间咒骂着凸起的圆点。

我的主要工作是买东西。每天早上，汤姆会给我一份购物清单，列出要买的建筑材料和一些稀奇古怪的东西，我就去把包厘街和运河街上的供应店来来回回跑个遍。包厘街东边，是危险的字母城街区和改造工程，在我脑海中的曼哈顿岛地图上，这是一片禁区。但在曼哈顿下城的其余地方，我找到了我一直在寻觅的美学体验。苏豪区仍处在转型初期，街道安静，支撑建筑的铁柱已经掉漆。下百老汇大街上挤满了制衣工人，运河街以南的城市仿佛还在二十世纪七十年代的宿醉中未醒，那些建筑似乎为自己仍屹立不倒而惊讶不已。在独立日那个周末，V、乔恩 · 贾斯蒂斯和我登上了旧西区高架路（已经关闭但尚未拆除），又去新建的世界贸易中心双子塔（野兽派风格，但还没蒙上悲剧色彩）下走了走，四周无论白人还是黑人，连一个人影也没见到。这浪漫而荒凉的景观，就是我二十一岁那年想在城市里看到的东西。

七月四日晚上，当晨边高地听上去越来越像战时的贝鲁特，V 和我走到东尽街，去我们的朋友丽莎 · 艾伯特家的公寓观看官方烟火表演。她那栋楼的电梯门一打开，直接就是她家的前厅，这让我大吃一惊。她家的厨师问我要不要三明治，我说要，谢谢。我从来没想到，我和艾伯特的出身原来并不一样。我没有想象过世上真有她家那样的豪宅，也没想到只比我大五岁的格雷戈里·海斯勒能有一整队助手听他调遣。他还有一个苗条又美丽动人的妻子布鲁，来自澳大利亚，穿着一身轻盈的白色夏装，让我想到黛西·布坎南[①]。

这个城市的贫富分界线和另一种分界线并非毫无关联，但它在地理上并没有那么鲜明，也更容易让我跨越。顶着精英式大学教育的光环，我设想在不久的将来运用文学理论推翻资本主义政治经济，但同时，我受到的教育也让我在分界线富裕的那一边感到自在。V的祖母有次到纽约来，带我俩去市中心的一家正式餐厅吃午饭，餐厅的人给穿着黑色牛仔裤的我拿来了一件蓝色西装外套，这就是我进入餐厅所需的唯一东西了。

我太理想主义，觉得有足够生活的钱就好，不想要更多；我又太傲慢，并不嫉妒海斯勒，因此对我而言，富人主要是一种奇观，我觉得他们毫不掩饰的挥霍与吝啬十分有趣。有次我和V去看望她的另一对祖父母，在他们位于市区外的乡间别墅里，他们向我展示了起居室中雷诺阿和塞尚的小幅画作，却用商店买来的变了味的饼干招待我们。我哥哥鲍勃的岳父岳母都是心理分析师，拥有一套比艾伯特家小不了多少的公寓，一次

① 美国作家斯科特·菲茨杰拉德（F. Scott Fitzgerald，1896—1940）作品《了不起的盖茨比》中的人物。

他们请我们去绿苑酒廊就餐时，我惊讶地得知，如果想要一份蔬菜来搭配牛排，还得另外付钱。钱对于鲍勃的岳父似乎无足轻重，但我们注意到，岳母的一只鞋是用绝缘胶带粘起来才不至散架的。海斯勒也喜欢摆阔，比如包飞机让汤姆的未婚妻从芝加哥来纽约度周末。但他付给汤姆的公寓改造费用只有一万两千五百美元，大约是一个纽约承包商收费的八分之一。

像汤姆和我这样的人意识不到自己手里的东西值多少钱。汤姆很晚才醒悟，他本可以轻而易举地收取海斯勒两到三倍的费用，而我在八月中旬离开曼哈顿时，还欠了圣路加医院二百二十五美元。为了庆祝夏天的结束，我想也是为了庆祝我俩订婚，V和我去了哥伦布大道上一家名叫维克多的古巴餐厅吃晚餐，她的古巴前男友经常光顾那里。我先喝了黑豆汤，才喝了没几勺，豆子就似乎在我的舌头上活了过来，杀气腾腾地翻来滚去。我把手伸进嘴里，拿出了一片细细的碎玻璃。V招手叫住服务员向他投诉。服务员叫来了经理，经理道了歉，检查了玻璃片，拿着它离开，过了一会又回来了，催我们离开餐厅。当时我正把一张餐巾按在舌头上止血。到了店门口，我问他能否让我拿走餐巾。“可以，可以。”经理一边说，一边关上了我们身后的门。V和我叫了那个夏天唯一一次出租车，直奔我们附近的圣路加医院。最终，医生告诉我，我的伤口很快就会愈合而且不需要缝针，但我是在等了几个小时后才得到了这个消息的，外加一针破伤风疫苗。在我候诊的走廊里，就在我正对面，一名年轻的非裔美国女性躺在轮床上，裸露的腹部有一处枪伤。伤口正在渗出粉色的液体，但显然没有生命危险。这一景象现在仍然历历在目，一个点 22 口径的洞，那就是让我时刻担惊受怕的东西。

十五年之后，经历了结婚又离婚，我在 125 街上的一栋复式公寓里建了一个工作室。我效仿汤姆的做法，挂上石膏墙板，给插座布线，样样自己来。我在金钱方面更有头脑了，也得以抢到哈莱姆一处便宜的地方，因为我不再害怕这座城市了。我和同一栋楼里的哈莱姆人有了交情，下班之后我会去下城，和朋友们安心地走在字母城的街道上，那里正逐渐被年轻白人们占据。又过了一段时间，靠着我在哈莱姆写的那本书的收入，我在上东区买下了属于自己的合作社，成了一个带年轻朋友和亲属去他们吃不起的地方用餐的人。

城市的分界线变得更容易跨越了，至少在一个方向上是这样。白人势力通过房价和警方行动施压，重新站稳了脚跟。事后看来，白人心惊胆战的时代之所以非同寻常，是因为它竟然持续了如此之久。我二十一岁时在这座城市犯下的所有错误中，如今最让我悔恨的，是我竟没有想过，我害怕的纽约黑人其实可能比我更害怕。

那个夏天在曼哈顿的最后一整天，我收到了格雷戈里·海斯勒给我的一张支票，是我最后四周的工资。为了将它兑现，我不得不前往欧洲美国银行，那是一栋古怪的六角形小楼，位于苏豪区东南侧的一小块阴森的绿地上。我不记得我拿到了多少张百元大钞——可能是六张，也可能是九张——但对于我，把这笔现金揣在钱包里实在不安全。在离开银行之前，我小心地把钞票塞进了我的一只袜子里。外面是八月一个晴朗的早晨，一股冷锋吹散了城市上空的恶意。我径直朝最近的地铁站走去，为这笔钱提心吊胆，倘若路上有人比我更想要我袜子里的钱，我希望自己在他眼里像个穷人。

鸟类为什么重要

如果你能看遍世界上的每一只鸟，你就能看遍整个世界。在每片海洋的各个角落，在其他物种无法生存的荒芜的陆上栖息地，都能找到这些长羽毛的生物。灰鸥在智利的阿塔卡马沙漠哺育幼鸟，那是地球上最干燥的地方之一。帝企鹅在南极的寒冬孵蛋。苍鹰在柏林玛琳 · 黛德丽[①]长眠的墓地筑巢，麻雀在曼哈顿的交通灯中，雨燕在海蚀洞里，秃鹫在喜马拉雅山的悬崖上，苍头燕雀在切尔诺贝利。唯一比鸟类分布更广的生命形式是微生物。

为了在如此繁多而迥异的栖息地生存，世界上的大约一万种鸟类进化出了令人惊叹的多样性。它们的体型可以大至鸵鸟，

---

① 玛琳·黛德丽（Marlene Dietrich，1901—1992），生于德国，德裔美国演员、歌手。

高达九英尺，广泛分布在非洲；也可以小至名副其实的蜜蜂蜂鸟，只在古巴才有。它们的喙有的很大（比如鹈鹕和巨嘴鸟），有的很小（如褐阔嘴莺），有的和身体一样长（如刀嘴蜂鸟）。有些鸟——得克萨斯州的丽彩鹀，南亚的蓝喉太阳鸟，澳大利亚的虹彩吸蜜鹦鹉——比任何花朵都要艳丽。其他鸟类，尽管都是棕色系，但深浅各有不同，简直穷尽了鸟类分类学家的词汇，比如红褐色、黄褐色、铁锈色、麸色、狐褐色等。

鸟类的行为也是五花八门。有些鸟类高度群居，有些则很孤僻。非洲的奎利亚雀和火烈鸟会成千上万只地聚集在一起，长尾鹦鹉则用树枝搭出一整座长尾鹦鹉城。河乌无论在陆上还是在山溪的河床上都是踽踽独行，而漂泊信天翁则可能会扇动它十英尺的翼展，滑翔在离其他信天翁五百英里的地方。新西兰扇尾鹟对人友好，可能会在路上跟着你。而如果你盯着一只卡拉卡拉鹰时间太久，它会俯冲下来让你脑袋搬家。走鹃合作捕食响尾蛇，一只鸟负责分散蛇的注意力，另一只则悄悄溜到它背后。蜂虎捕食蜜蜂，捕蛛鸟捕食蜘蛛。油鸱，一种热带美洲特有的夜行鸟类，会掠过鳄梨树上空，在飞行中抓取果实。蜗鸢也这么做，只不过它抓的是蜗牛。硬尾雀[①]喜欢抛掷树叶。厚嘴海鸦可以下潜到七百英尺深的水下，游隼在空中的俯冲时速可达二百四十英里。拟鹟针尾雀会在一块半英亩大小的池塘

① 直译为“抛叶鸟”。

边度过一生，而深蓝色林莺则会先迁徙到秘鲁，再飞回新泽西它去年筑巢的树上。

鸟类既不是毛茸茸的，也不会让人有拥抱的冲动，但它们在很多方面比其他哺乳动物更像人类。它们建造精巧的房屋，在其中养育家庭。它们去温暖的地方度过漫长的寒假。凤头鹦鹉是精明的思想家，能破解难倒黑猩猩的谜题。乌鸦则喜欢玩耍。（可以去看 YouTube 上的一个视频，俄罗斯的一只乌鸦站在塑料盖上顺着积雪的屋顶往下滑，然后用嘴叼着盖子飞上去，再滑下来。）鸟类还像我们一样，让歌声充满整个世界。夜莺在欧洲的郊外啼啭，鸫鸟在基多市中心高歌，画眉在成都吟唱。山雀有一种复杂的语言，不仅能用于互相交流，还能向附近的每一只鸟传达是否有捕食者的威胁。东澳大利亚一些琴鸟吟唱的曲调可能是它们的祖先近一个世纪前从定居者的笛声中学来的。如果你拍摄了太多琴鸟的照片，它们会把你相机的快门声也列入曲目中。

但鸟类也会做一件我们都希望自己能做，但都做不到的事，除非是在梦中：它们会飞。老鹰毫不费力地乘着上升暖气流飞翔；蜂鸟能在半空中停留；鹌鹑会以惊人的速度猛然起飞。总体来看，鸟类的飞行路线千丝万缕一般把地球绑在一起，树连着树，大陆连着大陆。对于它们，世界从来都不嫌大。在繁殖之后，一种欧洲的雨燕会在空中停留将近一年，飞到撒哈拉沙漠以南的非洲再飞回来，在空中进食、换毛、睡觉，一次也不用着陆。幼年信天翁要在广袤的大洋上漫游十年之久，才会首次返回陆地繁殖。曾有人追踪到一只斑尾塍鹬，它从阿拉斯加不间断地飞往新西兰，在九天内飞了七千二百六十四英里，而娇小的红喉北蜂鸟，可能会在飞跃墨西哥湾时燃烧掉它体重的三分之一。红腹滨鹬这种小型滨鸟每年都在火地岛和加拿大北极地区之间往返飞行，有一只名为 B95（它腿上标签的编号）的特别长寿，它飞行的总里程超过了地球与月球之间的距离。

然而，有一种关键的能力，是人类拥有而鸟类没有的，那就是主宰其环境的能力。鸟类不能保护湿地，无法管理渔场，也不会给它们的窝装空调。鸟类只拥有演化赐予的本能和身体机能，这在很长一段时间内对它们来说都足够了，比人类存在的时间还要长 1.5 亿年。但如今人类正在改变地球——改变它的地表、气候、海洋——速度之快让鸟类无法通过进化来适应。乌鸦和海鸥可能在我们的垃圾场茁壮成长，乌鸫和牛鹂在饲养场生活，知更鸟和鹎则在城市公园安家。但大多数鸟类的未来，取决于我们保护它们的决心。它们是否值得我们付出努力？

在人类世晚期，“价值”几乎成了经济价值的特指，代表对人类的实用性。的确，很多野生鸟类都可以食用。其中的一些又以害虫和啮齿动物为食。其他很多鸟类在生态系统中扮演重要角色，比如给植物授粉，传播种子，作为食肉哺乳动物的食物。这些生态系统若能保持自然性，就具有旅游或碳固存的价值。你还可能听说，鸟类种群是生态健康的重要晴雨表，就像俗话说的，看煤矿里金丝雀的状态，就知道有没有危险。但我们真的要等鸟类消失，才能意识到一块湿地遭受了严重污染，一片森林被砍伐并烧毁，或者一个渔场惨遭破坏了吗？令人悲哀的事实是，野生鸟类自身永远无法在人类经济中发挥重要作用。它们只想吃我们的蓝莓。

真正能通过鸟类数量有效显示的，是我们道德价值观的健康程度。野生鸟类之所以重要（应当重要）的一个原因是，它们是我们和自然世界最后、最紧密的联结，否则这个世界就将离我们远去。它们是人类到来之前，地球上最活跃、分布最广泛动物的代表。它们和陆地上出现过的最大型的动物同出一源：你窗外的家朱雀，就是一只历经了美妙演化的小巧活恐龙。你当地池塘里的鸭子，从外貌到叫声，和两千万年前中新世的鸭子并无二致，当时，鸟类统治着这个星球。在一个越来越人工化的世界里，没有羽毛的无人机布满天空，手机上“愤怒的小鸟”会模拟真鸟，我们可能觉得没有必要去珍视、帮助这些自然界曾经的统治者。但计算经济效益就是我们的最高标准吗？莎士比亚笔下的李尔王退位后，他请求长女和次女给他保留些许昔日的威严。两个女儿回答说，她们不觉得有这个必要，老国王怒吼道：“啊，不要跟我说什么必不必要！”如果我们遗忘了鸟类，就等于忘了我们是谁的孩子。

当一个人说“鸟类真的太不幸了，但人类是第一位的”，他其实有两层意思。他可能是在说，人类并不比其他动物更好——我们本质上以自我为中心，被自私的基因所驱使，总是会不惜一切代价复制我们的基因，最大限度地享乐。至于非人类的世界，就很不幸了。这是愤世嫉俗的现实主义者的观点，对他们而言，关心其他物种不过是一种恼人的多愁善感。这是种无法反驳的观点，对任何不介意承认自己自私到不可救药的人都适用。但"人类优先"也可能有着相反的含义：我们这个物种独一无二，有资格垄断世界上的资源，因为我们和其他动物不一样，因为我们有意识和自由意志，有能力记住我们的过去并塑造我们的未来。很多宗教信徒和世俗人文主义者就秉持着这种相反的观点，同样，它也既不能被证实，也不能被证伪。但它确实指出了问题：如果我们远比其他动物更有价值，那么我们明辨是非的能力，以及为了更高利益有意牺牲部分利益的能力，不是应该让我们更容易体察到自然的诉求吗？一种独特能力所附带的，难道不是一份独特的责任吗？

如果你站在一片东南亚的森林里，你可能首先会听见，继而开始在胸中感到，一种深沉的、有节奏的呼呼声。它听起来像是某种气象变化的特征，但这是双角犀鸟降落在果树上时振翅的声音。它们长着巨大的黄色鸟喙和强壮的白色大腿，看起来就像巨嘴鸟和大熊猫的混合体。当它们在树上到处攀爬，安静地吃着水果时，你或许会情不自禁地高喊，带着一种最为罕见的情绪：纯粹的喜悦。这和你想要什么或者拥有什么毫无关系，完全是双角犀鸟本身无比动人的缘故，而它完全不在意你。

鸟类根本上的他者性，对它们的美丽与价值而言是不可或缺的。它们身处人类之中，却从不属于我们。它们是演化所创造的另一种统治世界的动物，而它们对人类的冷漠应当作为一种惩戒性的提醒，提醒我们自己不是衡量万物的标准。我们讲述的追忆往昔与想象未来的故事，是鸟类所不需要的精神建构。鸟类完全活在当下。而当下，虽然我们的猫、窗户和杀虫剂每年都会杀死数十亿的鸟类，虽然有些鸟类，尤其是海岛上的一些鸟已经永远消失了，但它们的世界依然鲜活。在地球的每个角落，在小如核桃、大似干草堆的鸟巢中，幼鸟们啄开蛋壳，步入光明。

拯救你的所爱

作为一个关心鸟类甚于关心身边人的人，去年九月我一直在关注明尼苏达州的双子城为它们的橄榄球队“维京人”建造新球场的新闻。球场的玻璃墙预计每年会杀死数千只鸟，当地的鸟类爱好者曾要求其赞助商使用一种带有特殊图案的玻璃，以降低鸟撞上玻璃墙的概率。这种玻璃会让球场的成本增加百分之零点一，赞助商犹豫了。大约在同一时期，奥杜邦学会发布了一份新闻稿，宣称气候变化是美国鸟类面临的“最大的威胁”，并警告说到二〇八〇年，北美“将近一半”的鸟类将面临失去栖息地的危险。奥杜邦的声明被全国和当地媒体不加质疑地转载，包括明尼阿波利斯的《星坛报》，该报的鸟类话题博主吉姆·威廉姆斯顺势做出了推论：既然鸟类面临的真正的威胁是气候变化，为什么还要为球场玻璃的事争论不休？相比较而言，威廉姆斯说，死几千只鸟“不算什么”。

当时我在加州的圣克鲁斯，心情已经不太好了。我看见威廉姆斯那句话的当天，是那年的第二百五十四天，而其中能称得上雨天的只有十六天。已经干旱到了这种地步，每天还要听广播电台的天气预报员描述天气是多么宜人，实在令人难堪。这并不是说我不像威廉姆斯那样为未来忧虑。让我不安的是，奥杜邦提出的此类可怕的预言，可能会导致人们对鸟类的现状漠不关心。

或许是因为我自小就是一个清教徒，后来又成了一名环保主义者，很久以来我都被环保主义和新英格兰清教主义在精神上的亲缘关系所打动。这两种信仰体系都被一种观念所困扰，即生而为人就意味着有罪。环保主义的这种观念，建立在科学事实的基础上。无论是史前的北美人捕杀乳齿象直至其灭绝，毛利人让新西兰的巨型动物群完全消失，或是现代文明将地球上的森林砍伐殆尽，把海洋捕捞一空，人类都是自然界无所不在的杀手。如今，气候变化提供了一种末世论，让我们思考自己的罪行：明天会像地狱般酷热，审判日就在眼前。除非我们忏悔并痛改前非，否则我们都将是罪人，只能任由愤怒的地球宰割。

我仍然很容易受到这种清教主义观念的影响。每次坐飞机，或者开车去杂货店时，我总不免想到自己的碳足迹[①]，并为此感到内疚。[②]但当我开始观察鸟类，为它们的福祉忧虑时，我被一种与这种观念对抗的基督教派别所吸引。该派别受阿西西的圣方济各[③]的典范启发，主张热爱我们眼前具体而脆弱的事物。我支持美国鸟类保护协会和当地奥杜邦学会的重点工作。哪怕是状况恶化最严重的自然景观，如果其中有鸟类，也能让我开心起来。

于是我对气候变化的心态开始变得颇为矛盾。我承认它是我们时代最要紧的环境问题，但它的强势让我有种被胁迫的感觉。它不仅让我每次去杂货店都心怀内疚，还让我觉得自己关心现在的鸟类胜过未来的人类是很自私的。与海平面上升对贫穷国家的影响相比，被风力涡轮机杀死的老鹰和秃鹰算什么呢？在安第斯山水电工程形成的大气效益面前，安第斯山特有的云雾林鸟类又能有多重要？

一百年前，奥杜邦学会还是一个激进的组织，反对肆意屠杀鸟类和猎杀鹭鸶获取羽毛，但此后它的行动就日趋和缓。最近几十年来，让该学会更为出名的是其自制的节日贺卡，还有捏一下就会唱歌的红雀与蓝鸲毛绒玩具，而不是产出硬科学、

① 碳足迹（Carbon Footprint），指由个人、事件、组织、服务或产品造成的温室气体总排量，用以衡量人类活动对生态环境的影响。

② 为了更清楚准确地表达意思，我在发表在《纽约客》的原文上（原题为《碳捕获》）增添了几句话，这句是其中之一。——原注

③ 阿西西的圣方济各（San Franceso d' Assisi，1182—1226），动物、天主教教会运动、商人以及自然环境的守护圣人。

采取争议性的立场，或者与从事真正保护工作的团体合作。当该组织在去年九月转为末世论调时，我真宁愿它一直做它的毛绒玩具。热爱是比负罪感更强大的动力。

在发起关于气候变化的倡议时，奥杜邦学会也暗示他们收集的“公民科学数据”,以及学会自己的科学家们准备的一份“报告”，能作为它那可怕预言的理论支撑。登录他们的新版网站便可以看到像白头海雕之类受气候威胁的物种的照片，并被要求“做出承诺”来拯救它们。奥杜邦向承诺者提出的行动建议是温和的——比如分享自己的故事，打造一个对鸟类友好的院子等。但网站也提供了一份《气候行动承诺》，长篇大论且事无巨细，包括用低瓦数灯泡替换白炽灯泡这类事。

气候变化报告并不能直接获取，但网站的图表包含了许多鸟类的分布范围图，从中可以推测出，该报告的研究方法包括将某一鸟种目前的分布范围与其未来预计因气候变化而改变的范围进行对比。若两个范围大致重合，便可以假定该鸟种将会存活。当重合度极小或者为零时，鸟种则可能会被夹在一个已经不适合生存的旧范围和一个栖息环境与之不匹配的新范围之间，从而有灭绝的风险。

这种模型可能有用，但也充满了不确定性。某个鸟种目前可能在一个特定温度水平下的栖息地繁殖，但这并不意味着它不能忍受更高的温度，或者它无法适应一个位置更北、稍有不同的栖息地，或者那个更北的栖息地不会随着气温升高而改变。

在进化过程中，北美洲的鸟种经历过七月火热的白昼与九月霜冻的夜晚，总体上比热带鸟种更能适应气温的波动。虽然无论在什么地方，有些后院常见的鸟类或许到二〇八〇年就已消失，但更南方的鸟种很可能已经迁移过来取而代之了。北美洲的鸟类或许不会变少，反而可能更加多样化。

奥杜邦学会将白头海雕用在其倡议海报上，这是个尤为奇怪的选择。五十年前，在滴滴涕[①]还没有被禁用的时候，白头海雕几乎灭绝。如今我们担忧它的未来的唯一理由，就是大众在曾经十分活跃的奥杜邦学会的引导下，一致认为它面临迫在眉睫的威胁。白头海雕的困境是促成一九七三年《濒危物种法》的首要推动力，也是该法案最成功的案例之一。当白头海雕的卵不再受滴滴涕的危害，它的数量和分布范围便急剧增加、扩大，到二〇〇七年就从濒危物种名单中消失了。白头海雕能起死回生，是因为它是一种坚韧而机敏的鸟，是无所不通的猎手和食腐者，能长距离飞行开拓新的领地。很难想象有比它更不受地理限制的物种，即使全球变暖将它完全逐出了目前夏季和冬季的领地，阿拉斯加和加拿大融化的冰川可能还会让它的分布范围扩大。

但对于想吸引外界重视的机构而言，气候变化是颇具诱惑

①DDT，有效的杀虫剂，为20世纪上半叶防治农业病虫害、减轻疟疾伤寒等蚊蝇传播的疾病危害起到了不小的作用，但由于其对环境污染过于严重，很多国家和地区已经禁止使用。

力的。它不仅是现成的网络热词，更难以被精确评估，这一点很有用：经过同行评议的科学预估表明，美国每年因撞击和户外猫类死亡的鸟超过三十亿，然而没有一只鸟的死亡可以明确归咎于气候变化，更难以归于普通公民针对气候变化采取（或没有采取）的任何行动。（一地的短期天气模式是一系列变量的混乱产物，与某人开的车是悍马还是普锐斯并无关联。）虽然你能用行动救下撞到窗户上的鸟或者让它免遭你家猫的毒手，但就算把你的碳足迹减少到零，也什么都救不了。因此，宣称气候变化对鸟类有害是不会有争议的。要求对风力发电厂进行更严格的审查，确保它们没有直接建在数百万候鸟迁徙的路线上，这等于和不惜代价支持风力发电的环保团体作对。强烈反对过度捕捞鲎（这是今年冬天一种名为红腹滨鹬的滨鸟不得不被列入美国濒危物种名单的真正原因）可能会让奥巴马政府难堪，因为鱼类及野生动物管理局局长在宣布濒危物种名单时，将红腹滨鹬数量的减少主要归咎于“气候变化”，一个在政治上更容易为人们所接受的罪魁祸首。气候变化是每个人的错——换句话说，谁也没有错。只要一起声讨气候变化，大家都会好过。

毫无疑问，对野生动物来说，即将到来的将是一个艰难的世纪。即使气候科学家们都错了，全球气温明天就奇迹般地稳定下来，我们仍然要面对六千五百万年来规模最大的灭绝事件。人口增加，森林采伐，集约型农业，渔场与蓄水层的枯竭，杀虫剂和塑料污染，入侵物种的散播，这些正在飞速摧毁自然世界残存的一切。对于无数物种，包括几乎所有的北美洲鸟类，气候变化是一个更为遥远和次要的威胁。鸟类对于气候剧变造成的压力的反应还没有得到充分的研究，但鸟类已经适应这种压力数千万年了，结果一直都出乎我们的意料——帝企鹅在南极冰川融化时转移繁殖地；小天鹅离开水，学习从农田中获取谷物。并非每个物种都能适应变化。但地球上的鸟类种群越壮大、越健康、越多样，许多物种存活甚至繁盛的概率就越大。要防止未来的物种灭绝，仅靠限制碳排放是不够的。我们现在就必须让许多种野生鸟类活下去。我们要防止目前濒危的物种走向灭绝，努力减少导致北美鸟类数量剧减的诸多危害，并投入规划合理的大规模保护工作，尤其是那些旨在应对未来气候变化的行动。关心自然的人该做的事当然不止这些。但如果全球变暖的问题要求每一个热爱自然的群体倾尽所能，也就难怪有人选择袖手旁观了。

气候激进主义令人哭笑不得的一点就在于它改变了自己的目标。十年前，我们被告知有十年时间采取必要的激进行动，以防止全球气温在本世纪上升超过两摄氏度。今天，我们从同一拨积极分子那里听到，我们居然还有十年时间。实际上，我们如今需要采取比十年前更为激进的行动，因为大气中又多积攒了十亿吨碳。按照我们现在的速度，在本世纪还没到一半的时候，我们就会用完整个世纪的碳排放额度。与此同时，如今许多政府发起的行动却并没有十年前的激进。

哲学家戴尔·贾米森[1]写的《黑暗时代的理性》（*Reason in a Dark Time*）一书，对气候变化完整的悲剧面和怪诞的喜剧面做出了公正的评判。通常我不会阅读这类主题的书籍，但去年夏天一位朋友向我推荐了这本书，而我被它的副标题吸引了："为什么与气候变化的斗争失败了——以及它对于我们未来的意义"。"失败了"这三个字用了过去式，尤其引起了我的兴趣。我一开始读就放不下了。

自二十世纪九十年代初以来，贾米森就是许多气候会议的观察家和参与者，他在书的开头概述了人类面对这一有史以来最重大的集体行动问题时的反应。在"里约 +20"地球峰会上，人们对达成全球协议寄予厚望，但之后的二十三年里，碳排放不仅没有减少，反而急剧增加。二〇〇九年，奥马巴总统在哥本哈根拒绝为美国设定约束性的减排目标时，他只不过是在承认一个既定事实。与比尔·克林顿不同，奥马巴对于美国政治体系能在气候变化问题上采取多少行动非常坦诚，那就是什么也不做。缺少了美国这个世界第二大温室气体排放国，全球协议就名不副实，其他国家也没有什么签署它的动力。说白了，美国拥有一票否决权，而我们一次又一次地行使了这个权力。

美国政治体制无法采取行动的原因并非像许多进步人士设

① 戴尔·贾米森（Dale Jamieson，1947— ），现任纽约大学环境研究与哲学教授。

想的那样，是化石燃料公司赞助了气候变化否定论者，并用金钱操控选举。即使对于接受了全球变暖这一事实的人来说，这个问题也可以从很多角度来看待—— 一场全球治理危机，一次市场失灵，一个技术性挑战，一项社会正义问题等等——而每一个的解决方案都是昂贵且不尽相同的。几乎任何国家都为这种问题（专有名词是“棘手的问题”）头疼，对于先天就较为弱势，又要及时响应公民的美国政府，这个问题就变得尤其难办。进步人士认为是金钱利益败坏了民主，而和他们不同，贾米森认为美国在气候变化上的不作为正是民主造成的结果。毕竟，一个好的民主国家是以公民利益为行动准则的，而正是碳排放大宗的民主国家公民在享受着廉价汽油和全球贸易的好处，污染造成的代价却主要由那些没有投票权的群体承担：贫穷国家，子孙后代，其他物种。换句话说，美国选民是理性的利己主义者。根据贾米森引用的一份调查，超过百分之六十的美国人相信气候变化会危及其他物种和子孙后代，而只有百分之三十二的人认为自己会因此受到伤害。

我们对他人的责任，无论是活着的还是尚未出生的，难道不应该促使我们在气候变化上采取激进行动吗？这里的问题在于，任何人（包括我自己）无论是开车还是骑自行车上班，对于气候都没有影响。温室气体排放的规模如此巨大，这些排放对气候的影响方式是如此非线性，产生的效应在时空中的分布是如此广泛，根本无法把某次具体的危害一路追溯到我对碳排放 0.0000001% 的贡献。我可能会为自己的碳排放量大大超出了全球平均值而自责，但如果要以本世纪全球气温上升不超过两摄氏度为目标来计算平均每年碳排放量的份额，就会发现仅仅是维持一户普通美国家庭的生活，在两周之内就会超过上限。既然没有任何能造成直接危害的迹象，我本能的道德判断就是要过好我自己的生活，做一个好公民，善待我身边的人，并尽我所能地保护环境。

贾米森提出的更大争议点是，气候变化与这个世界遭遇过的任何问题都不属于同一类别。首先，它与人脑习惯的运作方式完全不同，大脑进化到如今，更关注的是当下而非遥远的未来，是容易感知的运动而非缓慢且受概率左右的发展。（贾米森指出，"在全球变暖的背景下，过去完全不觉得反常的冬天也会被认为异常寒冷，从而被当作全球没有变暖的证据"，真不知道该为我们的大脑笑还是哭。）启蒙运动曾经期盼人类的理性会让我们有能力超越进化上的局限，但这种希望已经因为战争和种族灭绝而备受打击。但只有在面临气候变化问题的当下，这一希望才彻底破灭了。

我本以为《黑暗时代的理性》会让我很沮丧，结果并没有。气候变化之所以令人着迷，多少是因为它跨越的空间和时间如此浩瀚。贾米森通过阐释我们过去的失败，并质疑我们究竟能否做得更好，将气候变化问题置于一个充满人性的语境中。"我们不断被告知，我们站在人类历史的一个特殊节点上，这是改变现状的最后机会，”他在序言中写道，“但人类历史中的每个节点都是独一无二的，总是有最后的机会去做出某些具体的改变。”

正是在这样的语境下，看到“不算什么”这个词被用来形容某些明尼苏达州的鸟类爱好者努力促成的改变，这让我感到不满。并不是说我们不应该关心全球气温在本世纪上升了两摄氏度还是六摄氏度，或者海平面升高了二十英寸还是二十英尺——这些区别至关重要。我们也不应当指责基金会、非政府组织或者政府为缓解或适应全球变暖付出的努力，只要未来可能有所成效。问题在于，每一个忧心环境的人是否有义务把气候放在最优先的位置。当数百万人类的性命与生计受到威胁时，关心几千只撞上体育场的林莺有任何实际意义或道德意义吗？

要回答这个问题，重要的是承认剧烈的全球变暖已是既成事实。即使在受洪涝与干旱威胁最严重的国家，或是最认真投入替代能源开发的国家，也没有一个国家元首承诺过要把碳留在土地里。没有这个承诺，“替代”只不过等同于“额外”——延缓人类灾难的到来，而非预防其发生。我们现在认识的地球就像一个患有严重癌症的病人。我们可以选择用破坏性的猛药治疗它，在每条河上修筑水坝，用生物燃料农业、太阳能农场和风力涡轮机毁掉每一处风景，以多争取几年时间让全球变暖放缓。或者，我们也可以采取一种保证更高生活质量的治疗方案，在与疾病抗争的同时，保护野生动植物赖以生存的地区，其代价就是稍稍加速了人类灾难的降临。后一种方式的一个优点是，万一出现聚变能这样的奇迹疗法，或者一旦全球消费率与人口数量下降，可能仍会有些完整的生态系统得到保全。

假如大自然依旧占据上风，在人类可能付出代价的情况下选择保护自然会更加令人良心不安。但我们生活在人类世——一个更多是由我们自己创造的世界。在贾米森关于伦理问题的章节末尾，他提出了一个问题：一六三〇年世外桃源般植被茂密、鱼鸟遍布的曼哈顿，如今变成了拥有高线公园和大都会博物馆的现代曼哈顿，这究竟是好事还是坏事？答案因人而异。重点在于，变化已经发生了，而且无法挽回，就如同全球变暖无法挽回一样。祖先给我们留下了一个有好有坏的世界，我们会将另一个有好有坏的世界留给后代。人类从来都不只会四处掠夺，也很擅长适应环境：气候变化只是把这一套行为放大了而已。我们咎由自取的生存威胁，只有核战争与转基因微生物。

真正的新情况是，我们正在造成物种大灭绝。不是每个人都关心野生动物，但把动物视为不可替代、不能货币化之物的人，会站在它们的立场上做出强有力的道德论述。这与现代环保运动的滥觞，蕾切尔·卡森[①]的《寂静的春天》（*Silent Spring*）提出的论点一样。卡森的确警告过污染对人类的危害，但她这本书的道德核心隐含在书名中：我们真的觉得让鸟类从地球上

① 蕾切尔·卡森（Rachel Carson，1907—1964），美国海洋生物学家，下文提到的其作品《寂静的春天》引发美国乃至全世界对环境保护的关注。

消失没问题吗？如今碳污染的危险远甚于滴滴涕，而正如奥杜邦学会说的，气候变化确实可能是鸟类最大的长期威胁。但我早就知道，我们无法通过更换灯泡阻止全球变暖。不过我还是想做些什么。

在电影《安妮·霍尔》[①]（*Annie Hall*）中，年幼的艾维·辛格有天突然不想写作业，他的母亲便带他去看心理医生。原来，艾维之前读到宇宙正在膨胀，某一天必将导致解体，这就是他不做作业的理由："这有什么意义？"在宏大的全球问题与宏大的全球解决方案的阴影下，为大自然所做的小规模行动似乎也同样毫无意义。但艾维的母亲并不买账。"你现在是在布鲁克林！"她说，"布鲁克林没有在膨胀！"一切都取决于我们说的"意义"是什么意思。

经济体系正在加速气候变化，而两者之间又有许多共同特征。和资本主义一样，气候变化是跨国界的，拥有难以预知的破坏性，自行加剧，无可避免。它无视个体的阻力，制造大赢家和大输家，倾向于全球同质化——消除物种层面的差异，造成机构层面议程的单一性。它也通过培养这样一种观念与科技行业紧密结合：只有科技能解决温室气体排放的问题，无论是借由优步的高效，还是地球工程学的神乎其技。作为一种叙

① 伍迪·艾伦执导，上映于1977年的美国浪漫喜剧电影。

事，气候变化几乎和“市场是高效的”一样简单明了。用不到一百四十个字就可以将这个故事讲述清楚：我们正在取用原本被封存起来的碳并把它释放到大气中，除非我们停手，否则人类就完蛋了。

与之相比，保护工作就仿佛小说，没有两个地方是相同的，没有一处叙事是简单的。我去年十一月前往秘鲁，参观秘鲁与美国的合作项目“亚马孙保护协会”的工作成果。我的第一站是库斯科以东高地上的一个小型土著社区。在协会的帮助下，该社区正在安第斯山山坡上重新造林，抑制森林火灾，并发展当地一种名叫羽扇豆的豆科作物的生意，这种豆子可以在退化的土地上茁壮生长，在库斯科很受欢迎，因此可以盈利。在一栋尘土飞扬、泥土地面的老建筑里，社区的女人们给我端来午餐——炖羽扇豆和厚实甜美的羽扇豆面包。午饭后我去了附近的一个院子，参观了培育当地树苗的苗圃，社区居民之后会在陡峭的山坡上手工种植这些树苗，以对抗土壤侵蚀，改善当地水质。随后我又走访了附近的一个社区，这里的人承诺会保持林地完好无损，并且正在经营一座实验性的有机农场。农场的规模很小，但对于社区，它意味着清澈的溪流和居民可以自给自足；对于亚马孙保护协会，它代表了一种其他社区可以仿效的模式。地区政府和市政府从石油和采矿许可费中获得资金，可以依照该模式将这笔钱用于振兴高地。“我们并不眼红，”亚马孙保护协会的秘鲁理事达妮埃拉·波利亚尼告诉我，“如果政府想采用我们的点子，把功劳据为己有，我们也没意见。”

在一个充满各种各样全球主义的时代，好的保护项目必须要符合新的标准。项目的规模一定要大，因为如果栖息地被棕榈油种植园或天然气钻井分割，生物多样性就难以维持。项目还必须要尊重和适合当地及周边地区的居民。（碳排放已经使得“未受人类破坏的荒野”这种理想成为空谈；新的理想是“自然野生性”，衡量标准不是其远离外界干扰的程度，而是能够完成其生命周期的有机体的多样性。）项目还需要拥有应对气候变化的弹性，无论是凭借其规模，抑或是通过对不同的海拔梯度或多种微气候的整合。

高地对亚马孙雨林至关重要，因为它们是那里的水源之一，也因为随着地球变暖，低海拔地区物种的活动区域会向高处移动。亚马孙保护协会的关注焦点是秘鲁的马努国家公园，一片比康涅狄格州还大的低海拔热带雨林。这里住着与世隔绝的土著居民，享有完备的法律保护以防止土地侵占，但非法侵占在热带国家的公园中非常猖獗。亚马孙保护协会尝试在马努国家公园推进的工作，除了拓展坡地资源、保护分水岭之外，还包括巩固公园侧翼的缓冲区，那里正处于砍伐、火耕农业，以及马德雷德迪奥斯地区兴起的非法采金的威胁之下。对于亚马孙保护协会这样一个半美国的非政府组织，直接买下全部土地在政治上本就不可行，况且它也负担不起费用。因此该项目代之以保护小型保护区和自给自足的社区土地，以及在国有土地上取得“特许经营权”的大型保护区。

从高地往下五十五英里长的路上，能看见将近六百种鸟类。这条路是一条古道，在前哥伦布时期，古柯叶就是沿着这条路从低地运往高地的文明社会。在路旁的小道上，亚马孙保护协会的研究员们与现代古柯贩子和平共处。道路的最低点在卡门别墅附近，它曾经是一座大庄园，如今包括了一个教育中心，一间生态旅游者的旅舍和一座实验农场，农场里正在测试一种叫作生物炭的物质。生物炭是通过窑炉燃烧木材废料，并将烧焦的产物粉碎后制成的，如此得以把碳留在农田里，是一种低成本的贫瘠土壤育肥方法。它为当地农民提供了一种火耕农业的替代方案。火耕农业为了获得农田不惜毁坏林地，导致土壤迅速枯竭，从而不得不继续毁坏更多的林地。即使像挪威这样的富裕国家，尽管一直在设法抵消碳排放以减轻罪恶感，也无法仅仅通过收购土地并在其周围设置围栏来拯救热带雨林，因为没有围栏能稳固到足以抵御社会的力量。拯救雨林的正确方式，是给雨林居民提供砍伐森林之外的替代选择。

在靠近卡门别墅的圣罗莎德胡阿卡利亚的原住民村庄，社区的酋长堂阿尔贝托·曼奎利亚帕带我参观了亚马孙保护协会帮助他们开发的养鱼场和鱼苗孵化场。在世界其他地区，大规模的鱼类养殖会造成生态问题，但亚马孙一带的小规模经营，使用类似帕库食人鱼这样的本地鱼种，是获取动物蛋白最具可持续性且破坏性最小的方法。胡阿卡利亚的经营为村里的三十九个家庭提供了肉类，剩余的鱼可以卖掉换钱。他们招待我的午餐，是养殖的帕库食人鱼配上木薯，放在竹节中用火烤好，竹节两头还塞上赫蕉叶。席间，阿尔贝托先生动人地讲述了他有生之年经历的气候变化的影响。太阳如今感觉更热了，他说，有些村民患上了皮肤癌，这在过去闻所未闻，还有一种村民们传统上食用，用以控制糖尿病、增强免疫力的棕榈树寄生虫幼虫也已经消失了。尽管如此，他还是将自己全身心奉献给了森林。亚马孙保护协会正在帮助社区扩大其土地所有权，并与马努国家公园建立自己的合作关系。阿尔贝托先生告诉我，一家天然药物公司曾承诺给他一笔预付聘金和一架喷气机，请他飞到世界各地讲授传统疗法，但他拒绝了。

亚马孙保护协会工作的最惊人之处在于其各个环节的不起眼。八条雌性帕库食人鱼产下的卵可供一整个季节所需，刚孵化的幼鱼就生活在简陋的塑料水箱里。高地的女人们坐在锥形土堆旁边，把土装满小塑料袋，里面可以种树苗。亚马孙保护协会还为收割巴西坚果的土著居民搭建了简单的木棚，以防坚果被雨淋湿，让他们在不用砍伐或者离开森林的情况下赚到足以维持生计的收入。还有在低地调查鸟类数量的方法：走上一百米，停下来观察，倾听，接着再走上一百米。这种不起眼，在各个方面都与气候变化项目的宏大形成了鲜明对比——巨型风力涡轮机，一望无际的太阳能发电站，地球工程学家设想的环绕地球的反射粒子云。规模上的差异导致行动本身对于行动者产生了不同的意义。针对气候变化的相关行动，由于无法立即看出成效，在意义上必然是末世论的：它们代表审判日终将降临，我们希望这天越晚到来越好。而亚马孙保护工作的意义则是方济各会式的：你在帮助你所爱的事物，正在你眼前的事物，而你可以看到成果。

发达国家长期占据了碳排放量的大头，如今却期望发展中国家分担减排的重担。与之类似，欧洲和北美洲那些富裕但物种稀少的国家，却要热带国家承担保护全球生物多样性的重任。然而，很多这类国家仍处于殖民主义时代影响的恢复期，要面对许多更紧迫的问题。例如，巴西亚马孙流域的森林砍伐，极少是富人造成的。毁坏森林的其实是迁居而来的穷人家庭，他们原本住在沃土之地，但资本密集型的农业综合企业进驻后，该区域则开始种植用于生产乙醇和软饮料的甘蔗，以及其木浆用于生产美国纸尿布的桉树。马德雷德迪奥斯的采金热潮不仅是一场生态灾难，也催生了人祸，造成水银中毒和人口贩卖事件频发，但秘鲁的州政府和联邦政府尚未遏止这一乱象，因为矿工赚到的钱比在他们贫苦老家挣的要多得多。除了根据当地居民的需求与能力量身制定工作内容之外，像亚马孙保护协会这样的组织还必须学会应对极端复杂的政治图景。

在哥斯达黎加，我遇到了一位七十六岁的热带生物学家丹尼尔·詹曾，他几乎花了半辈子来做这件事。詹曾和他的妻子温妮·哈尔瓦克斯建造了也许是新大陆热带地区最大胆、最成功的保护项目，瓜纳卡斯特自然保护区（ACG，Área de Conservación Guanacaste）。詹曾和哈尔瓦克斯在一九八五年启动这个项目时，拥有不少得天独厚的条件。哥斯达黎加是一个稳定的民主国家，其公园与保护区系统占国家土地面积的四分之一，享有国际盛誉。项目选址于瓜纳卡斯特北部的干燥林区域，那里地处偏远，人烟稀少，对农业综合企业毫无吸引力。尽管如此，詹曾和哈尔瓦克斯能打造一个符合新标准的保护区——它面积广大，与周边社区关系和睦，其中还包括一个海洋保护区、一段火山山脉的旱坡和一块加勒比海热带雨林——是非常了不起的，因为这两个科学家并不富裕，而政治从来都是错综复杂的。

哥斯达黎加以没有军队闻名，但它的公园管理机构却像军队一样组织森严。该机构总部位于首都圣何塞，其警卫和其他人员在整个系统中自由轮岗，公园在本质上也属于领土，需要加以保卫以防潜在的大军来犯。詹曾和该国部分有远见的政策制定者认识到，在一个经济机会有限、受保护的土地数量庞大、用于保护工作的资金极为受限的国家，要保卫富含木材、猎物和矿产的公园，就如同保卫贫民区中的豪宅。因此 ACG 尝试了一种新的方式：让国家公园和其中的保护区脱离公园管理机构轮岗政策的管辖，这使得它们的人员扎下根来，养成对于土地和保护理念的忠诚。这个方案也希望包括警察在内的所有雇员，都能做有意义的保护或科学工作。

早些年，这项工作往往包括灭火。如今 ACG 的很大一部分都曾经是被非洲化草类覆盖的牧场。利用大自然保护协会[①]和瑞典及哥斯达黎加政府协助募集的资金，加上他在美国的演讲结束后筹到的钱，詹曾得以买下已有的两个国家公园之间大片的牧场和受破坏的森林。牲畜被转移后，野火成了该项目的主要威胁。詹曾实验过种植当地原生树种的幼苗，但他很快得出结论，依靠风和动物粪便散播种子的天然造林效果更好。当新的林地逐渐成形，野火的风险降低，他为 ACG 的雇员们制定了一个更有雄心的任务：创建一份在保护区范围内能发现的大约三十七万五千种动植物的完整名录。

借用“律师助理”(paralegal) 这个词，詹曾自创了“分类学家助理”(parataxonomist) 一词，用来指代他雇佣的瓜纳卡斯特人。他们没有大学学位，但经过一段时间的强化训练，他们有能力做真正的科学工作。他们行走在太平洋沿岸的干燥林和加勒比海的潮湿林中，搜集标本、妥善安置，再取下组织样本以供 DNA 分析。詹曾目前雇用了三十四位分类学家助理，用补助金、小额捐款的利息和不懈的筹款支付他们可观的薪水。詹曾告诉我，这些助理和他最优秀的研究生一样，充满学习的动力和热情。(他在宾夕法尼亚大学教授生物学。)一个周六的早晨，

① 大自然保护协会 (Nature Conservancy)，美国环保慈善组织，保护植物、动物以及土地水源以维系生物多样性的自然社群。

我看见一队人在采集各种各样的树叶，用来喂装在塑料袋里的毛毛虫，另一队人则在周日早上出发，去树林里搜寻标本。

在衡量一个成功的保护项目的三个新标准中，最难达到的是与周边社区的融合。詹曾的分类学尝试在多个方面都有助于达成这一目标。最基本的是，要让哥斯达黎加人关注生物多样性——该国的领土占地球陆地面积的 0.03%，物种占比则达到 4%——他们得先知道生物多样性是由什么组成的。生物多样性是个抽象概念，但圣罗萨国家公园的一个空调房间里，几百只抽屉中被钉好并命了名的瓜纳卡斯特蛾类标本却一点也不抽象。三十年来，ACG 接待过许多瓜纳卡斯特的学童，让他们有机会亲身实践科学，了解每一株有毒植物和每只寄生蜂背后的故事，他们对此兴味盎然。如果你儿时曾在干燥林中待过一星期，观察蝶蛹和豹猫的粪便，待你长大之后，或许会认为森林除了是一种经济资源，还具有别的意义。

最后，或许也是最重要的，分类学家助理们营造了一种地方归属感。他们中的一些是夫妻组成的团队，而且许多人住在遍布 ACG 各区域的研究站中，他们在那里发挥着比武装警卫更强大的保护作用，因为邻居都是他们的朋友和家人。我在瓜纳卡斯特逗留期间曾多次经过圣罗萨国家公园入口处的站点，却从未看见过一个警卫。根据詹曾的说法，在 ACG 里，偷猎和非法伐木的现象比哥斯达黎加其他以传统方式守卫的公园要罕见得多。

一年中有一半时间，詹曾和哈尔瓦克斯都住在圣罗萨总部旁边一间凌乱的小屋里。鹿、刺鼠、鹊鸦、黄蜂和猴子经常来他们屋前的水盆边喝水。他们这些年养了一只豪猪和一只鸺鹠，都是在援救之后成了宠物。詹曾一脸向往地告诉我，他希望能养条响尾蛇。他胡子花白，光着上身，只穿着运动鞋和脏兮兮的绿色棉布裤，看上去就像从康拉德的小说中走出来的人物。哈尔瓦克斯是一位热带生态学家，她比詹曾年轻，也更温和，很善于将詹曾的科学理性转换为社交语言。

就算用旱季干燥林的标准来看，我觉得圣罗萨国家公园里的森林也未免太过干燥了。哈尔瓦克斯指着火山上空的云层说，在过去的十五年里，云层一直在向高处移动，这是气候变化的先兆。“我们以前经常打赌哪天会下雨，我赢了好几箱啤酒，”詹曾说，“以前总是在五月十五日下雨，但如今你没法知道雨什么时候会来。”他还补充说，瓜纳卡斯特的昆虫数量在他研究的四十年中锐减，他曾想过在论文中描述这种衰退，但有什么意义呢？这只会让人们沮丧。昆虫种类的减少已经危及了以它们为食的鸟类和需要授粉的植物，而随着全球变暖，势必会有更多昆虫绝迹。但在詹曾看来，全球变暖并没有让 ACG 失去意义。“如果你拥有全世界唯一一幅伦勃朗的画，”他说，“有人过来划了它一刀——你会把它扔了吗？”

在我身在哥斯达黎加期间，一则关于用纤维素生产乙醇的技术取得突破的新闻传了开来。从气候的角度来看，生产高效生物燃料的诱惑是难以抗拒的，但詹曾认为这似乎是另一场灾难。哥斯达黎加最肥沃的土地已经让给了单一经营的农业综合企业。如果次生林可以为汽车提供燃料，这个国家会发生什么？只要缓解气候变化压倒其他所有环境问题，地球上就没有一处安全之地。和全球主义一样，气候主义会造成疏离。美国人的消费习惯破坏了生态，但如今他们住在离这些破坏很遥远的地方。而即使未来的消费者对碳足迹的了解更加深刻，用认证过的绿色燃料填满他们的油箱，他们仍然与这一切保有距离。只有认识到大自然是一个具体的受威胁栖息地的综合体，而非一个正在“消亡”的抽象事物，才能避免世界自然属性的彻底丧失。

瓜纳卡斯特已经变成中美洲最后一片规模可观的太平洋干燥林。为了保护一些特有的物种，保护区必须永远存在下去。“这就像恐怖主义，”詹曾说，“我们每天都不容有失，恐怖分子却只需成功一次。”他和哈尔瓦克斯对于未来的疑问与全球变暖没有多大关系。他们关心的是如何让 ACG 在财政上自给自足，如何让它的使命永远扎根于哥斯达黎加社会，如何确保其水资源不会全部被抽走用于灌溉农田，以及如何应对未来那些想把它夷为平地、生产纤维素乙醇的哥斯达黎加政客们。

大多数前往瓜纳卡斯特的外国游客都会问到，如何能将它的模式应用于其他热带地区的生物多样性中心。答案是不可能。我们的经济体制鼓励单一文化思维：存在一种最优解法，一种最佳的保护方案，一旦我们发现了它，就可以扩大规模，在全球范围内推广。亚马孙保护协会和 ACG 之间的对比揭示出，保护生物多样性需要相应的多样化的方法。杰出的方案不仅仅是地方性的行动，而且必须要适应当地的思维。这样的例子包括——莫桑比克卡尔基金会的戈龙戈萨国家公园恢复项目；岛屿保护组织让太平洋和加勒比海岛屿回归野生状态；“野性地球守卫者”拯救美国西部的鼠尾草田的斗争；欧洲自然基金会在东南欧对文化与生物保护的融合，诸如此类。

在我和詹曾共处的时间里，他很少提到其他项目。他关心的是他真心热爱的两件事：他作为一名热带野外生物学家所使用的特定的干燥林场，以及为 ACG 工作并居住在其边界附近的底层哥斯达黎加人。他坐在自己林间小屋外的椅子上，故事一个接一个地讲不完。比如奥利弗 · 诺斯[①]在圣埃伦娜半岛上为尼加拉瓜反政府武装康特拉修建飞机跑道的故事，以及该半岛最终如何成了 ACG 的一部分。还有个故事是说，詹曾发现干燥林中蛾类的部分生命周期是在潮湿林中度过的，这使得他和哈尔瓦克斯将他们本已雄心勃勃的项目的范围又扩大了。另一个故事里，ACG 从一家橙汁厂运走了上千辆卡车的橘子皮并答应处理掉，以此换取一千四百公顷优质森林，结果一个捣乱的环保主义者竟然控告果汁公司在公共土地上非法倾倒橘子皮，尽管在诉讼了结时，橘子皮已经腐烂成了一片肥沃的、利于再

① 奥利弗·诺斯（Oliver North，1943— ），美国保守派政治评论员、电视节目主持人、军事历史学家、作家。

造林的壤土。他也讲到了他们夫妻俩是如何学会了同时与多个土地所有者做生意，为一整批土地开出孤注一掷的报价，以免受制于某一个拒不合作的人。还有一个土地所有者的故事，他将出售牧场的收益投资于 ACG 以外的甘蔗灌溉—— 一个用环保工作扭转地理熵[①]的例子，它将混合使用的土地划分为严格保护区与集约开发区。还有关于 ACG 将园区内的学校教师改称“秘书”的故事，因为“学校教师”不是一个受到认可的公务员职位。

一九八五年，在詹曾和哈尔瓦克斯着手创立 ACG 时，没有受过保护工作的培训，也毫无经验的他们尚且无法想象以上任何一个故事。瓜纳卡斯特成了他们生命中的际遇，他们所选择的生活。詹曾总爱说“哪里有生命，哪里就有死亡”，此言或许不虚，但我也确实想知道，人类是否暗地里觉得，一个气候变异的星球，一个遍布柳枝稷田和速生桉树林的世界，其实也很有吸引力，因为既然那里的生命少得多，死亡也就少得多。置身于森林里，我身边的死亡无处不在，明显比郊区或者农田里的死亡更多——美洲豹杀死鹿，鹿杀死树苗，黄蜂杀死毛毛虫，蟒蛇杀死鸟，鸟根据它们的特长，杀死一切能想到的东西。但这都是因为，这里是一片活生生的森林。

从全球的角度来看，未来会发生的不仅是我的死亡，还有

① 地理熵（geographical entropy），衡量地理空间、地理过程、地理系统等的有序程度或宏观状态的一个函数。

另一个规模更大的死亡，我们熟悉的世界的死亡。从亚马孙保护协会海拔最低的研究站望向洛斯阿米戈斯河对岸，可以看到绵延数英里的森林被金矿工人们摧残得支离破碎。ACG 被农业综合企业和沿海开发区环绕，它的存在带来了集中效应。但在洛斯阿米戈斯河，也有魁札尔鸟、鹧和喇叭鸟，它们的持续存在也代表了其他意义。ACG 里有一片三十年前还不存在的森林，有百英尺高的树和五种大型猫科动物，海龟在海边挖巢，成群的长尾鹦鹉和睦地享用果树的种子。动物们或许无法感谢人类让它们得以生存，而如果我们的位置对调，它们肯定不会为人类做同样的事。然而，是我们而不是它们，需要让生活拥有意义。

超光速推进的资本主义：论雪莉·特克尔的作品

雪莉·特克尔[①]是科技相关话语中一个独树一帜的声音。她曾经是技术信徒，如今则是一个怀疑论者，一个身处众多行业“托儿”和忧心忡忡的文人中的临床心理学家，一个轶事搜集爱好者中的经验主义者，一个极端分子中的温和派，一个幻想家中的现实主义者，一个人文主义者而非卢德派分子[②]：简而言之，一个成熟的大人。她在麻省理工学院拥有讲席教授职位，与在那里工作的机器人专家和情感计算工程师密切合作。和背负着微软员工身份包袱的杰伦·拉尼尔[③]，或者拥有白俄罗斯视角的

① 雪莉·特克尔（Sherry Turkle，1948— ），麻省理工学院社会学教授，人与技术关系领域的社会心理学家。

② 卢德派分子是 19 世纪由英国纺织工人组成的秘密组织，是破坏纺织机械、反对工业化的激进派系，后也被用于指代抵制新技术的人。

③ 杰伦·拉尼尔（Jaron Lanier，1960— ），美国电脑科学家、视觉艺术家，虚拟实境的早期推广者。

叶夫根尼·莫罗佐夫[①]不同，特克尔是一位受人信赖与尊重的局内人。因此，她代表着科技世界的一种良知。

特克尔的上一本书《群体性孤独》（*Alone Together*）是对数字时代人类关系的一份谴责报告。通过观察人类与机器人的交互并采访他们对于电脑和手机的看法，她描绘了新技术是怎样淘汰旧价值的。我们用机器人取代人类看护员，或者发短信聊天，一开始只认为这些替代物“比没有好”，但最终却认为它们“比任何东西都好”——更干净利落，更少风险，要求更低。与这种转变并行的是，人类对虚拟的偏爱逐渐超过了现实。机器人并不关心人类，但令人惊讶的是，特克尔的受访者们很快就退而求其次，觉得能体会到被关心的感觉就够了。同样，他们也更喜欢社交媒体传递的社群感，因为它没有现实世界社群的危险和责任。在特克尔的采访中，她一次又一次地体会到一种对人类的深切失望，人类有缺陷，健忘、贪婪又难以捉摸，机器就不会被设定成这样。

她的新书《重拾交谈》（*Reclaiming Conversation*）延续了之前的批判，只是不再过多强调机器人，而是更多地关注她新近采访对象对技术的不满。她将他们的不满视为一种希望的标志，这本书也大声呼吁人们采取行动：我们对数字技术的心悦诚服导致了人类具备的共情和自省等能力的萎缩，是时候找回

---

① 叶夫根尼·莫罗佐夫（Evgeny Morozov，1984— ），出生于白俄罗斯，作家、研究者，以对科技的政治和社会影响的研究著称。

自我,像成年人一样行事,把技术放回它该在的位置上了。与《群体性孤独》中一样，本书论点的说服力来自特克尔广泛的研究和敏锐的心理洞察力。她的采访对象为了寻求更强的掌控力而接纳了新技术，却只感觉受到了科技的宰制。他们在社交媒体上创造出受欢迎的理想化自我，却使真正的自我愈加孤立。他们无时不在联络，却害怕面对面的交谈；他们常常因为怀旧之情生出忧虑，担心自己错过了某些本质的东西。

特克尔将交谈作为组织全书的原则，因为当我们用电子化交流取代它时，构成人性的许多部分都受到了威胁。例如，交谈是以孤独为前提的，因为正是在孤独中，我们才学会独立思考,并发展出稳定的自我意识,这是正确接纳他人所必需的。(特克尔说，如果我们无法离开智能手机，我们就是在“一点一滴地”消费他人，“就好像我们把他们当作备用零件，来支撑我们脆弱的自我”。）透过与父母交谈获得关注，孩子才会获得一种持久的归属感，养成谈论自己感受的习惯，而不是一有感受就采取行动。(特克尔相信,定期的家庭交谈有助于给孩子“接种”,使其免受霸凌。）与某人面对面交谈时，你就不得不承认他或她是现实中完整的人,这就是共情的来源。(最近的一项研究显示,根据标准化心理测试的结果，智能手机一代大学生的共情力急剧下降。）交谈有可能会很无聊，在智能手机的影响下，我们觉得这是最可怕的情形，但也是培养耐心和想象力的时机。

特克尔审视了交谈的方方面面——孤独时与自我的交谈，

与家人和朋友的交谈，与老师和伴侣的交谈，与同事和客户的交谈，与更大的社会群体的交谈——并指出电子产品对其中每一项的侵蚀。脸书、Tinder、慕课、强迫性短信传送、不得不回的办公电子邮件和懒人行动主义，全都难辞其咎。但这本书最动人、最有代表性的部分是关于家庭交谈之消亡的。根据特克尔的年轻受访者的说法，恶性循环是这样形成的："父母给孩子手机。孩子无法让父母将注意力从他们的手机上转移开，于是就转向自己的手机寻求庇护。然后，父母将孩子对手机的沉迷作为自己随心所欲使用手机的许可。"特克尔认为，责任完全在父母身上："要打破这一循环，最现实的方法是让父母承担起导师的责任。"她承认这可能有难度，因为父母害怕在科技方面落后于孩子，因为和小孩子交谈需要耐心和练习，也因为抓拍大量照片发到脸书上是展示父母之爱更容易的方式。但与在《群体性孤独》中只是做出了诊断不同，特克尔在《重拾交谈》中的基调是疗愈的、鼓励的。她呼吁父母了解家庭交谈中最紧要的事——如"培养信任与自尊""拥有共情、发展友谊与亲密关系的能力"——并认识到自己在科技魅力面前的不堪一击。"接受你的弱点，"她说，"将诱惑祛除。"

最好将《重拾交谈》当作一本深度心理自助书来阅读。它提出了一个令人信服的论点：当他们的导师以身作则，开辟了面对面的交流空间时，孩子会成长得更好，学生会学得更好，雇员会表现得更好。不那么有说服力的，则是特克尔对集体行动的呼吁。她认为，我们能够也必须开发出“要求我们在使用时更有目的性”的技术。她充满赞许地写到一种智能手机界面，它“不再鼓励我们尽可能长时间地在线，而是鼓励我们断开连接”。然而像这样的界面会威胁到硅谷几乎所有的商业模式，那里巨大的市场资本值都基于让消费者一直盯着他们的设备屏幕。消费者的需求曾迫使食品行业生产更健康的产品，特克尔希望最终它也能迫使科技行业如此行事。但这个类比并不精准。食品公司是通过售卖某种必需品，而不是通过在猪排上投放针对性广告，或是通过挖掘食用猪排的人提供的数据来赚钱的。这个类比的政治意味也令人担忧。由于鼓励用户离线的平台利润较低，它们将不得不收取一笔额外费用，只有那些富裕、受过良好教育、会去全食超市购物的消费者才支付得起。

虽然《重拾交谈》触及了隐私和自动化机器人的政治问题，特克尔却对她研究结果更激进的隐含义避而不谈。当她写到史蒂夫·乔布斯禁止家人在餐桌上使用平板电脑和智能手机并鼓励他们谈论书籍与历史时，或者当她引用莫扎特、卡夫卡和毕加索的话来论述专心独处的价值时，她描述的都是高效人士的习惯。的确，那些经济宽裕、买得起她这本新书来看的家庭或许能学会限制使用科技产品的频率，甚至做得更好。至于因过度焦虑或孤独而无法抵御技术诱惑，因过于贫穷或过劳而无法跳出恶性循环的大众，他们该怎么办？马修·克劳福德[①]在《头脑之外的世界》（*The World Beyond Your Head*）一书中对比了充斥着广告、挂满吸睛屏幕的"低端"候机室与安静的、没有广告的商务候机室："在机场度过的空闲时间里，要进行有趣的、创造性的思考，甚至创造可能的财富，这需要安静。但低端候机室（或者公交车站）里的那些人脑中的想法却可以被视为一种资源—— 一种购买力的储备资源。"我们的数字技术在政治上并不中立。年轻人已经不习惯独处，也不愿意独处，无论是与家人交谈、和朋友出门、听讲座还是工作，都没法不盯着手机，这也象征着我们的政治经济像水蛭一样，牢牢地吸附在我们身体上。数字技术是超光速推进的资本主义，将资本主义关于消费和促销、货币化和效率的逻辑，注入我们清醒时的每分每秒。

我们很容易认为，"数字民主"的兴起与迅速加剧的收入不均之间互有关联，也很容易觉得这种现象不仅仅是一种反讽。但或许人性价值的衰朽，正是大多数人为了谷歌"零成本"的便利、脸书的慰藉和苹果手机的可靠陪伴所甘愿付出的代价。《重拾交谈》的魅力在于，它召唤出了一个并不久远的时代，那时候，交谈、隐私和精妙的辩论还不是珍奇的奢侈品。特克尔的书可以被当作特权阶层的生活指南来阅读，但这不是她的错。她的诉说对象正是她成长于斯的中产阶级，她为人类潜能可以

① 马修·克劳福德（Matthew Crawford，1965— ），美国作家、政治哲学博士。

到达的深度（这曾经是十分普遍的特质）大声疾呼。但正如我们所知，中产阶级正在消亡。

祝你这辈子都不好过

在地中海旅游小镇埃及马特鲁港的一个鸟类市场，看着一个个挤满了野斑鸠和鹌鹑的笼子，我不知不觉皱起了眉头。这时一个鸟贩子看到了我的脸色，嘲讽地喊道：“你们美国人替鸟难过，却对跑到别的国家丢炸弹心安理得。”

我本可以回答说，也可以为鸟类和炸弹都感到难过——错上加错并不会变成正确。但我觉得，鸟贩子说出了在一个充满人类冲突的世界中进行自然保护的问题实质，而且不容易反驳。他吻了自己的手指，意思是这些鸟很美味，而我却一直冲着鸟笼皱眉头。

在北美洲，猎鸟活动十分规范，没有人会食用鸣禽，也只有淘气的农场小鬼会射杀它们，因而在一位北美游客眼中，地中海地区的情况令人震惊。每年，从地中海一头到另一头，数以亿计的鸣禽和更大型的候鸟会因为食用、牟利、竞赛和纯粹好玩等原因被猎杀。这种行为基本属于滥杀，对繁殖地已遭毁坏或分裂的物种造成了严重影响。地中海人射杀鹤、鹳和大型猛禽，北部地区的国家则花费数百万欧元为这些鸟类设立保护项目。在欧洲全境，鸟类数量正在急剧减少，地中海地区的杀戮正是原因之一。

意大利的猎人和偷猎者是最臭名昭著的：意大利乡间的树林和湿地中一年到头枪声不绝，捕捉鸣禽的陷阱噼啪作响。热爱美食的法国人继续非法食用圃鹀，他们长得出奇的可猎捕鸟类名单上包括了许多种濒危的涉禽。诱捕鸣禽在西班牙部分地区仍然很普遍；马耳他猎人苦于本地物种的缺乏，将迁徙的猛禽从空中轰下来；塞浦路斯人罔顾法律，大规模捕杀林莺，成盘成盘地将它们吃掉。

然而，在欧盟内部，至少理论上对猎杀候鸟是有限制的。欧盟国家的民意倾向于支持环境保护，各式的自然保护团体也在协助政府执法。（西西里曾经是捕猎猛禽的热门地区，而现在那里的偷猎行为已经几乎绝迹，以前的一些偷猎者甚至变成了观鸟者。）在地中海地区的非欧盟国家，候鸟的境遇没有得到改善。事实上，在我游历阿尔巴尼亚和埃及时，我发现情况正在急剧恶化。

二〇一二年二月，东欧迎来了五十年来最寒冷的天气。通常在多瑙河河谷过冬的雁飞往南方避寒，其中大约有五万只降落在阿尔巴尼亚平原上，饥肠辘辘，筋疲力尽。结果每一只都惨遭毒手。男人们用猎枪和旧式的俄罗斯卡拉什尼科夫步枪把它们扫倒，女人和孩子们把死鸟搬进城里，出售给餐馆。许多雁之前被北方国家的研究者们拴上了脚环，有个猎人告诉我，他见过一只来自格陵兰的。虽然阿尔巴尼亚的人们没有挨饿，但该国是欧洲人均收入最低的国家之一。莫名其妙来了一大群能卖钱的雁，对当地的村民简直是一笔飞来横财。

欧洲最东端的候鸟迁徙路线穿过巴尔干半岛，阿尔巴尼亚亚得里亚海的海岸线本是一片难以攀越的崇山峻岭，却能通往极为广阔的湿地、湖泊和沿海平原。几千年来，从非洲北迁的鸟类可以在这里休息、补充能量，再艰难地飞越狄那里克阿尔卑斯山脉，抵达它们的繁殖地；到了秋天它们再次在这里驻留，之后又一次穿越地中海。

在恩维尔·霍查[1]四十年的统治下，阿尔巴尼亚是一个格外排外的国家，土地上遍布成千上万个蘑菇形状的混凝土地堡，面朝着该国封锁的边境。他的领导深刻地改变了阿尔巴尼亚社会与传统的肌理，对于鸟类，这并不是一个糟糕的时代。霍查将狩猎和私人持枪的特权只留给了他自己和几个信赖的亲信。他在海滨有一座狩猎小屋，每年都在那里住上一周。（直到今天，

① 恩维尔·霍查（Enver Hoxha，1908—1985），阿尔巴尼亚前领导人。

阿尔巴尼亚国家自然历史博物馆还在展出霍查和其他政治局成员的猎鸟战利品。）但这少数的几个猎人对途经的数百万候鸟影响甚微，而该国落后的计划经济，加上对外国的海滩观光客的排斥，使滨海的大量栖息地被完好无损地保留下来。

霍查死于一九八五年，此后这个国家经历了向市场经济的艰难过渡，其间有一段处于近乎无政府状态的时期，国家的军火库被砸开，军队的枪支落入普通公民手中。即使在社会恢复法治后，阿尔巴尼亚民众仍保有枪支，整个国家仍对一切形式的监管极为排斥。经济开始增长后，地拉那[①]整整一代年轻人用来表达他们前所未有的自由与富足的方式之一，就是购买数以千计的昂贵猎枪，并用它们做以前只有精英阶层才能做的事：猎杀鸟类。

在地拉那，二月的严寒过去几周后，我认识了一个正为丈夫新染上的狩猎嗜好感到不满的年轻女人。她告诉我，他们已经因为他的猎枪吵了一架，枪还是他借钱买的。他把枪放在家里那辆一九八六年款奔驰车里。她跟我说起了有一次在路上，她是如何眼看着他突然把车停到路边，跳下车，对着电线上的几只小鸟射击的。

“我很想听听这是怎么回事。”我说。

“你理解不了的！”她说，“我们谈过这事，我就完全无法

① 地拉那（Tirana），阿尔巴尼亚首都、第一大城市。

理解。”但她还是打了她丈夫的手机，请他加入我们的谈话。

“现在这很时髦，是我的朋友说服了我，”猎人有点羞怯地向我解释说，“我不是个真正的猎人——都四十岁了，不可能再当什么猎人。但作为一个新手，手上有一件有许可证的武器，一把威力十足的好枪，这感觉棒极了，而且我以前从来没打过鸟，一开始会觉得很有趣。感觉就像夏天到了，你就想跳进大海里。就像脚下带着球正对着球门。我会一个人出门开车到山里，兜上一个小时。我们没有明确划定的保护区，我可以随意射击。完全是兴之所至。不过只要想到你杀死的那些动物，就没有那么开心了。”

“是啊，这该怎么说呢？”我说。

猎人皱了皱眉。“这种情况让我很不舒服。我的朋友现在也说：‘没有鸟了，我们走上好几个小时都看不到一只鸟。’这真的很可怕。到了这个地步，如果政府下令全面禁猎两年——不，五年——让鸟类数量恢复，我会很高兴。”

这样的法令有过先例：七年前，沿海毒品和人口走私猖獗一时，政府干脆直接禁航了多数私人船只和游艇。但在选举实力上势均力敌的阿尔巴尼亚两大主要政党，都不愿意在一件大多数选民都不甚关心的问题上实施可能不受欢迎的监管。

事实上，阿尔巴尼亚只有一位真心为鸟类说话的人，陶兰特·比诺，他也是该国唯一一位真正的观鸟者。比诺是环境部的副部长，有天早上他带我去了迪夫亚卡－卡拉瓦斯塔国家公园，阿尔巴尼亚沿海保护区桂冠上的明珠，那是一大片优质的海滩和湿地栖息地。时值三月中旬，正是全国禁猎期，公园（全年禁止狩猎）里本应到处都是越冬和迁徙的水鸟和涉禽。然而，除了一个由渔民守护的池塘和某个离岛上的卷羽鹈鹕群落之外——阿尔巴尼亚人很为拥有这种濒危的美丽鸟种骄傲——公园里全无鸟类的踪迹。甚至连野鸭都没有。

我们驾车沿着海滩行驶，很快就发现了个中缘由：一队猎人布置好了诱饵，正在射杀鸬鹚和塍鹬。陪同我们的公园经理愤怒地让猎人们离开，这时其中一人拿出手机，想打给政府里的一个朋友。“你疯了吗？”公园经理朝他们大吼，“你知不知道我旁边就是环境部副部长？”

至少在理论上看来，比诺的部门保护了足够多的栖息地，将候鸟和繁殖鸟类的数量维持在了健康的水平。“一旦环保主义者发现经济发展可能会妨碍生物多样性，”比诺告诉我，“他们便认为最好在受到开发的威胁之前先扩大保护区的覆盖范围。但控制配有武器的人是很难的——你还需要警察的支持。我们在二〇〇七年关闭了这里的一个区域，结果来了四百个猎人，对所有东西大肆扫射。警察过来收缴了一些武器，但两天之后他们告诉我们，‘这是你们的问题，不是我们的’。”

不幸的是，老掉牙的笑话对负责管理保护区的林业官员仍然适用：政府假装付给他们钱，他们假装工作。结果就是，法律得不到执行——在自己国家被欧盟法规限制的意大利猎人很快就意识到了这一点，并在霍查死后加以利用。在阿尔巴尼亚的那一周，我就没看到哪个保护区没有意大利猎人，哪怕狩猎季已经结束，他们连不受保护的地区也照去不误。无论在哪里，意大利人都会使用非法的高音质鸟声播放设备，想射杀什么就射杀什么，想射杀多少就射杀多少。

第二次去卡拉瓦斯塔时比诺不在，我看见两个穿迷彩服的男子拿着枪上了一艘船，明显想赶在我和他们说话前开溜。他们的一位阿尔巴尼亚助手站在海滩上，告诉我那两个人是阿尔巴尼亚人，但当我喊他们的时候，他们却是用意大利语回喊的。

“好吧，他们是意大利人，”等他们的船离我们远去，助手这才承认，“他俩是巴里[1]的心脏病专家，装备精良。他们昨天从黎明到午夜都待在这里。”

“他们知道狩猎季结束了吗？”我问。

“他们是聪明人。”

“他们是怎么进入国家公园的？”

“大门开着啊。”

“谁能拿到好处？警卫吗？”

“不是警卫。是更高级别的人。”

“公园经理？”

助手耸耸肩。

① 巴里（Bari），意大利南部第二大城市。

阿尔巴尼亚曾经在意大利治下，今天许多阿尔巴尼亚人仍然将意大利人视为先进与现代的典范。意大利的观光猎人不仅在阿尔巴尼亚造成了巨大的直接破坏，还带来了一种无差别杀戮的观念，以及实践这一观念的新方法——尤其是播放鸟鸣声，这对吸引鸟类效果显著，其结果也是灾难性的。如今，就连阿尔巴尼亚乡下猎人的手机和 iPods 上都存有鸭叫声的音频文件。他们的新技术，加上大约一万支猎枪（在一个拥有三百万人口的国家）和大量可以随时使用的其他武器，让阿尔巴尼亚成了东欧迁徙生物群的一个巨型天坑：上百万只鸟飞进来，只有极少数能活着出去。

聪明的或者幸运的鸟会避开这个国家。在维里波耶的一处海滩上，我看到大群鸭子在远离海岸的地方焦急地飞来飞去。它们在跨越亚得里亚海之后继续这样消耗自己，是因为海滩上每隔一段适当距离就有一座观鸟小屋，当地的猎人就躲在里面，让它们无法飞到湿地觅食。马丁 · 施耐德 – 雅各比，一位为德国组织“欧洲自然基金会”工作的鸟类专家，向我描述了从海上飞近阿尔巴尼亚的鹤群是如何按年龄分成两队的。成鸟继续在高空飞行，而缺乏经验的当年幼鸟看见下方诱人的栖息地便会下降，直到枪声响起——总是有人准备好随手就是一枪——接着又飞起来，跟随成鸟。“它们从撒哈拉沙漠飞来，”施耐德 – 雅各比说，“要飞越好几座两千米长的山脉。它们需要休息。它们或许仍然有力气飞过山脉，但可能之后就无法成功繁殖了。”

在阿尔巴尼亚边境另一边的黑山，施耐德－雅各比带我见识了乌尔齐尼小城广阔的盐田。因为黑山猎人的出没，这里的鸟类一度绝迹，就像几英里之遥的阿尔巴尼亚“保护”区一样。但最近，非营利组织“黑山鸟类保护与研究中心”安排了一位护林员向警方举报偷猎者，效果引人瞩目：举目皆是鸟儿，数千只涉禽和数千只鸭子，都在忙着觅食。春季迁徙总是令人叹为观止，但从来没有像这样令我震撼。

“欧亚大陆承受不起阿尔巴尼亚这样的天坑，”施耐德－雅各比说，“我们太擅长捕杀这些动物了，又还没有学会在欧洲建立一个让鸟类得以存活的体系。禁捕令是目前看来唯一有效的办法。如果人们停止捕猎，这里将会拥有欧洲最好的栖息地。人们会来到卡拉瓦斯塔观赏休憩的鹤。”

阿尔巴尼亚的情况还不算毫无希望。许多新的猎人似乎意识到必须要做出改变；更完善的环境教育和外国游客的增长，可能意味着需要更多未受破坏的自然地区；如果政府在保护区贯彻法规，鸟类数量将会迅速回升。后来我带着前文提到的那位业余猎人和他妻子前往卡拉瓦斯塔，带他们去看了一个有很多鸭子和涉禽的保护区池塘，他妻子自豪又开心地喊道：“我们不知道这里还有这样的鸟！”[①]

---

① 在我到访后不久，她的丈夫卖掉了猎枪。两年后，这个故事发表在了《国家地理》杂志上，配上了大卫·古滕菲尔德拍摄的照片，随后阿尔巴尼亚政府（接下页）

再往南，希望变得愈发渺茫。和阿尔巴尼亚一样，埃及的历史和政治背景也不利于保护工作的开展。在名义上，埃及是多个猎鸟监管国际公约的签署国。但该国对欧洲殖民主义长久以来积怨甚深，与以色列之间的紧张局势，以及穆斯林传统文化与西方破坏稳定的自由主义之间的冲突进一步加深了这种积怨,使得埃及政府不愿遵守公约。此外,二〇一一年的埃及革命，更是对埃及警方的一场讨伐。新任总统穆罕默德 · 穆尔西难以放开手脚全力推行法令。他掌管着一个拥有九千万人口的贫穷（虽然无人挨饿）国家，而某些像贝都因人这样的重要族群并没有完全融入。他有很多比野生动物紧迫得多的忧虑。[①]

非洲东北部和巴尔干半岛不同，那里还有捕捉各种大小候鸟的丰富且悠久的传统，并且延续至今。(《圣经》记载中拯救了西奈沙漠中的以色列人的奇迹之肉，被认为是迁徙的鹌鹑。）若是这种习俗仍然沿用传统方法——手工制作的网和石灰棒，芦苇制成的小陷阱，用骆驼运输——它对于欧亚繁殖鸟类数量的影响可能会是可持续性的。现在的问题是，新技术大幅提高了捕获量，而传统依旧盛行。

然而，最令人灰心的文化脱节可能是：埃及的猎鸟人认为捕鱼和捕鸟没有区别。(的确，在尼罗河三角洲，他们用同样的

(接上页）颁布了长达两年的全国禁捕令。之后禁捕令又延长了五年。不过，法令的执行仍然是个问题。——原注

① 穆尔西果真在 2013 年 7 月被罢免了。从那以后他一直被关在狱中。——原注

网捕鱼和捕鸟。）对许多西方人来说，鸟类有一种魅力，因而它们在人们的情感甚至道德上也占据着一种鱼所没有的地位。在开罗西部的沙漠中，当我和六名年轻的贝都因猎鸟人坐在帐篷里时，我看见一只黄鹡鸰在外面的沙地上跳跃。我的反应是情感层面的：这是一只全身披着美丽羽毛的小动物，刚刚飞越了几百英里的沙漠，对人毫无戒心。而我身旁的猎人的反应则是抄起气步枪开了一枪。对他来说，这只鹡鸰毫发无损地振翅飞走，就如同一条鱼脱钩了。对于我，却是一种难得松了口气的体验。

这六个贝都因人刚刚二十出头，在一片稀疏的金合欢树丛中扎了营，四周都是九月的烈日炙烤下的沙子。他们拿着猎枪和气步枪在树丛中巡逻，不时停下来拍手、踢沙子，好把金合欢树上的鸟赶走。这片树丛吸引着南迁的候鸟，每一只飞入其中的鸟，无论大小、种类或是保护状况，都被杀死并吃掉。对于年轻人，猎杀鸣禽是一种逃避无聊的方式，也是一个集体外出消遣、找男人们的乐子的借口。他们还有一台发电机、一台装满了 B 级电影的电脑、一架单反相机、几副夜视护目镜，以及一把打着玩的卡拉什尼科夫步枪——他们全都来自富裕家庭。

他们把早上捕到的猎物挂在铁丝上，有斑鸠、金黄鹂和小莺，活像吊着一大串鱼。莺鸟，甚至是金黄鹂身上的肉都不多，但为了为漫长的秋季飞行做准备，这些候鸟储备了大量脂肪，猎人拔掉它们的羽毛后，可以看见其腹部黄色的凸出部分。配上五香米饭，它们就成了一顿丰盛的午餐。虽然金黄鹂在中东是有名的壮阳食物（我听说它们被称为“天然伟哥”），但我因为用不着伟哥，只吃了一只斑鸠。

午饭后，一个猎人走进帐篷，手里拿着那只我之前看到在沙地上跳跃的黄鹡鸰。它死后看上去甚至比活着的时候更小。“可怜的东西。”另一个猎人说，众人哄堂大笑。他是在讲笑话给一个西方人听。

由于如今在埃及的沙漠中旅行都用卡车而非骆驼，几乎每一棵大小可观的树或者灌木，无论有多偏僻，在秋季的高峰期都有猎人前往。在部分地区，金黄鹂是一种商品作物，卖给中间商之后冷冻起来，再卖到波斯湾地区的国家。不过，贝都因人大多会吃掉他们的猎物，或者送给朋友和邻居。像埃尔马格拉绿洲这样的黄金地带，会聚集大批猎人，光是一个猎人一天就能捕杀超过五十只金黄鹂。

我前往埃尔马格拉绿洲时，迁徙季已近尾声，但捕金黄鹂的诱饵（通常是一具绑在杆子上的雄鸟尸体）仍然吸引了很多只鸟，猎人们几乎弹无虚发。以猎人的数量来看，每年仅在这一个地点很可能就有五千只金黄鹂被杀。由于还有其他几十个沙漠狩猎点，而且金黄鹂也是埃及沿海一种珍贵的猎物，以全欧洲有两三百万对繁殖的金黄鹂来算，该鸟种在埃及的死亡数量便占据了其中很大的一部分。这种艳丽的鸟在夏冬两季分布广泛，但欣赏它们的乐趣却在每年九月都被一小撮肚满肠肥、游手好闲、寻找天然伟哥的猎人所垄断。而虽然他们当中有些人可能使用了未经许可的武器猎杀金黄鹂，但其他人完全没有违反任何埃及法律。

我在绿洲还遇到了一个穷得买不起猎枪的牧羊人。他和他十岁的儿子只好把四张网挂在树上，抓到的多半是鹟、伯劳和莺等小型鸟类。男孩成功地将一只闪着黑金光泽的雄性金黄鹂堵在网中时，他非常兴奋，抓着鸟跑回父亲身边。“一只金黄鹂！”他自豪地喊道，接着用刀割断了它的喉咙。片刻之后，一只雌性金黄鹂扑闪到我们身旁，我怀疑它可能是死去的雄鸟的伴侣，此刻正心急如焚。牧羊人的儿子把它赶向一棵布了网的棕榈树，但雌鸟在最后一秒躲开了树，直奔空旷的沙漠朝南飞去。男孩追在后面，一边咒骂道：“祝你这辈子都不好过！”

与我交谈过的贝都因人大多都告诉我，他们不会捕杀留鸟，比如戴胜和棕斑鸠。然而，和地中海地区的猎人一样，他们把所有的候鸟都当成理所当然的猎物——正如阿尔巴尼亚人喜欢说的，“它们不是我们的鸟”。虽然我遇到的每个埃及猎人都承认候鸟的数量近年来一直在下降，但只有少数人觉得过度捕猎会是原因之一。有些猎人将此归咎于气候变化，还有个特别流行的理论说，海岸边越来越多的电灯把鸟儿都吓跑了。（事实上，电灯更有可能吸引鸟类。）但数量下降只会让人惋惜，并不能引发忧虑。我那位来自开罗的沙漠导游告诉我，贝都因人把当地的翎颌鸨捕杀殆尽后——这与他们宣称的不杀留鸟的政策背道而驰——他们为它的灭绝感到由衷的难过。“并不是他们不在乎,”他说,“但如果翎颌鸨又回到这里,他们还是会猎杀它。”

埃及的环境宣传与教育大多只由少数小型的非政府机构推行，如埃及自然保护协会（该机构为这篇文章提供了帮助）。欧洲宣传鸟类保护的团体在马耳他和欧洲其他捕杀候鸟的重灾区投入了大量金钱与人力，却很大程度上忽视了问题比欧洲任何地区都要严重的埃及。或许这代表了“它们不是我们的鸟”的另一面：他们不是我们的猎人。但西方和中东之间政治与文化上的鸿沟也令人望而生畏。环境“教育”传达的基本信息，必然是埃及人应当停止他们一直以来的所作所为；而对仍旧痛恨英国殖民统治的埃及来说，英国这样一个为鸟着迷的国家操心的问题既荒谬又爱多管闲事，这就好比一个密西西比州的乡下人眼中的“皇家鲶鱼保护协会”一样。

埃及的大多数沿海城镇都有鸟类市场，那里鹌鹑卖两美元一只，斑鸠五美元一只，黄鹂三美元一只，小的鸟类几便士一只。在其中一个城镇埃尔达巴城外，我参观了一个白胡子男人的农场，他捕鸟业务的规模如此之大，在让他家里的六个儿子都吃饱之后，都还有剩余的鸟可以拿到市场上去卖。巨大的网覆盖在八棵高大的柽柳树和许多小型灌木上，将一片无花果和橄榄树丛环绕其中。这种网是廉价的现代产品，七年前才开始能在埃尔达巴买到。烈日灼人，迁徙的鸣禽正从附近的海岸飞来，寻找庇荫处。一棵树上的网拦住了去路，它们径直飞向另一棵树，直到发现自己被困在了网中。农场主的孙子们跑进网里捉鸟，他的一个儿子扯下鸟的飞羽，把它们扔进一个塑料谷物袋里。二十分钟内，我看见一只红背伯劳、一只白领姬鹟、一只斑鹟、一只雄性金黄鹂、一只叽咋柳莺、一只黑顶林莺、两只林柳莺、两只棕扇尾莺，还有许多不明身份的鸟消失在了袋子里。我们在树荫下暂歇的时候，身边都是被丢弃的鸟头和羽毛，分别属于布谷鸟、戴胜和一只雀鹰，谷物袋鼓鼓囊囊的，那只金黄鹂在里面放声悲鸣。

根据农场主对每日捕获量的估算，我算出每年从八月二十五日到九月二十五日，他的生意会让六百只黄鹂、二百五十只斑鸠、二百只戴胜和四百五十只小型鸟类从空中消失。有额外的收入当然很好，但农场显然不靠这个也能蓬勃发展。我在这个家庭宽敞的客厅中，享受到了贝都因式的盛情款待，客厅的家具都是全新的，品质极高。

我沿着海岸走过的每一处，从马特鲁港到拉斯巴尔，都能看到像那座农场里用的那种鸟网。更让人印象深刻的，是用来捉鹌鹑的雾网：一种悬挂在杆子上的极细的尼龙网，从地面延伸到离地十一英尺或更高的地方，鸟儿几乎看不见它的存在。雾网也是新近的发明，在大约十五年前传入西奈半岛，之后向西传播，直到如今遍布埃及地中海沿岸。雾网沿着西奈半岛西部的沿海高速路一直延伸到天际，有的直接穿过旅游市镇，连酒店和公寓大楼前也有。

理论上看，埃及的大部分海岸都受到了保护。但沿海保护区对鸟类的保护，仅限于“架设捕鸟网需要申请许可证”的程度。许可证很便宜，且颁发随意；官方对猎网高度和间距的限制基本上无人遵守。网的主人黎明前出发，等待着鹌鹑从海的那一端飞来，叽叽喳喳地落到海滩上自投罗网。运气好的时候，三分之一英里长的网能捕获五十只，甚至更多鹌鹑。我根据歉收年份的数据粗略估计，仅仅在埃及沿海的雾网中，每年就有十万只鹌鹑被捕杀。

尽管在欧洲很多地区已难觅鹌鹑的踪影，借助录音回放技术的蓬勃发展，埃及的捕杀量却在上升。其中最好的一种系统是“鸟之声”，它的数码芯片中储存了一百种不同鸟鸣的高质量录音，在欧盟国家将其用于狩猎是违法的，但它却在埃及的商店里堂而皇之地出售。在亚历山大，我和一位业余猎人瓦尔·卡拉维亚聊过，他声称是自己在二〇〇九年将“鸟之声”引入了埃及。并不令人意外的是，他是从一位在阿尔巴尼亚打猎的意大利人那里了解到它的。卡拉维亚说，他现在对引入这套系统感到“很糟糕，很后悔”。通常，飞进埃及的鹌鹑中可能有四分之三会飞越雾网上空，但使用“鸟之声”的猎人能将飞得高的鹌鹑也吸引来——西奈半岛北部所有的雾网捕鸟者都已经在这么做了，有些人还会在春秋两季都这么干。埃及大湖上的猎人们也已经开始使用“鸟之声”，在夜里捕捉成群的鸭子。

“这会影响到鸟类，一定会的，”卡拉维亚告诉我，“问题在于心态——人们想随心所欲，想捕什么就捕什么，想打什么就打什么。在革命前我们已经有很多枪了，从那以后又多了百分之四十。买不起枪的人就自己做枪，这非常危险——可能会让他们入狱三年——但他们不在乎。甚至连小孩也在这么做。学校九月份开学，但孩子们直到狩猎季结束才去上学。”

在旅游小镇巴提姆的海滩上，我就遇到了几个这样的孩子。雾网捕鸟者只有捕捉鹌鹑这一种鸟的许可，但总是会误捕到小型鸟类，以及猎食鹌鹑的隼。日落时分，和一名埃及自然保护协会的向导以及一位当地保护区的官员一起散步时，我注意到一只美丽而娇小的滨鸟，一只小环颈鸻，被困在了公寓楼房阴影下的一张网里。我的向导瓦尔·肖迪动手轻轻地把它解开，但这时一个年轻人跑了过来，肖迪停下了动作。年轻人拿着一个网袋，后面跟着两个十几岁的朋友。“别碰那鸟，”他愤怒地喊道，“这是我们的网！”

“没关系的，”肖迪安抚他说，“我们处理鸟类很有经验。”

一场争吵随之而来，年轻的猎人试图向肖迪展示如何在不损坏网的情况下把鸟拽出来，而肖迪的首要任务是保证鸟儿的安全。他成功地将这只鸟毫发无伤地解救了出来。但猎人随后要求肖迪把鸟交出来。

同行的政府官员哈尼·曼苏尔·比沙拉指出，除了两只活鹌鹑，猎人的袋子里还有一只活的鸣禽。

“不，那是只鹌鹑。”猎人说。

“不，根本不是。”

“好吧，是只麦穗鸟。但我已经二十岁了，我们就靠这张网生活。”

我不懂阿拉伯语，事后才知道他们在说什么。当时我只看到，肖迪仍然将那只鸻捉在手里，猎人则愤愤地伸手去抓，想把鸟抢走。我们身处的国家里正有数百万只鸟儿被杀，但我仍不禁为这一只鸻的命运担忧。我催促肖迪提醒猎人，除了鹌鹑，用网捕任何其他猎物都是违法的。

肖迪也这么跟对方说了，但对一个正在气头上的二十岁年轻人来说，法律显然没有什么说服力。于是，为了让他心服口服，肖迪和比沙拉声称小环颈鸻是一种重要的物种，只在泥滩上出没，而且可能携带某种危险的疾病。（“我们撒了个小谎。”肖迪后来告诉我。）

“所以它到底是什么鸟？”猎人不依不饶，“一只病鸟还是一种珍贵的鸟？”

“都是！”肖迪和比沙拉异口同声。

“如果它真的有病，”其中一个少年说，“我们几年前就死了。网里捕到的东西我们全都吃——任何东西都不放过。”

“煮熟的鸟也可能传染疾病。”比沙拉灵机一动。

肖迪把鸻还给了猎人，我不禁更担忧了。猎人（我后来才知道）向真主发了誓，说他会把鸻和麦穗鸟都放生，只是不能当着我们的面。

“但《国家地理》杂志需要亲眼看到它们真的被放生了。”肖迪说。

猎人这下更恼火了，他拿出麦穗鸟扔到了空中，接着又把鹆放飞了。两只鸟径直朝海滩上更远处的几个同伴身边飞去，头都没有回。“我这么做，”猎人愤愤不平地说，“只是因为我是个讲信用的人。”两只鸟身上的肉加起来也没有多大一口，但在猎人苦涩的表情中，我能看出放走它们对于他是多么大的损失。他想留住两只鸟的愿望甚至比我想放生它们的愿望还要强烈。

离开埃及之前，我与沙漠中的贝都因捕隼人相处了几天。即使以贝都因人的标准，捕隼也是有大把时间没处花的人的消遣。有些捕隼人做了二十年，也没有捕到过猎隼或是游隼中的任何一种：这两种隼被为富甲天下的阿拉伯养隼人服务的中间商奉为至宝。猎隼极为罕见，每年捕获的数量不过十几二十只，但因为价值连城（一只上佳的猎隼可以卖到三万五千美元以上，游隼则在一万五千美元以上），足以吸引数百名猎人一次性在沙漠里待上数周。

捕隼需要使用大量小型鸟类，手法也很残忍。比如把家鸽绑在木桩上插在沙地里，放在阳光下吸引猛禽；给野鸽和鹌鹑套上布满小尼龙套索的带子，用来缠住猎隼和游隼的脚；还可以用较小的隼，比如红隼，把它们的眼皮缝上，一条腿绑上一个加重的、布满套索的诱饵。猎人们开着丰田皮卡在沙漠里巡游，检查被拴住的家鸽，不时停下车，把失去行动能力的红隼像橄榄球一样抛向空中，希望能引来猎隼或游隼—— 一只失明的、负重的红隼是飞不远的。猎人们还常常将一只没缝眼皮的隼拴在卡车的引擎盖上，一边在沙漠中飞驰而过，一边密切观察它。当隼朝上看时，就意味着头顶上有一只更大的猛禽，猎人们就会跳下车，布置各种诱饵。每天下午都重复同样的程序，持续数周。

我在埃及目睹过的最令人振奋的两件事之一，便是我那本平装野外指南，《欧洲鸟类》，让捕隼人看得浑然忘我。他们总是围在书旁边，从最后面往前慢慢翻阅，研究他们见过和没见过的鸟类插图。有天下午，我一边在帐篷里享用浓茶，吃着一顿晚了很久的午餐，一边看着他们翻书，心头突然被一种异想天开的希望击中了，那就是贝都因人全都是热情的观鸟者，只是他们自己并未意识到。

在我们人类吃到午餐之前，其中一个猎人拿来一些去了头的莺，想喂给和我们一起待在帐篷里的被缝上了眼皮的红隼和雀鹰。红隼很乐意地吃了，但无论怎么把肉推到雀鹰的面前，它都不肯吃，反而忙着啄绑住它腿部的麻绳——在我看来是白费力。但午饭过后我走出帐篷，让猎人们摆弄我的双筒望远镜，这时突然传来一声大叫。我转过身，看见那只雀鹰正决然地飞离帐篷，飞入沙漠。

猎人们立即发动卡车追赶，一来是因为这只鸟对他们很有价值，二来也是因为——这就是我目睹的另一件令人振奋的事——一只失明的鸟无法独立生存，他们为它感到难过。（捕隼季结束时，猎人们会把用作诱饵的隼的眼皮解开，并把它们放生，哪怕只是因为要喂它们一整年会很麻烦。）猎人们一面往沙漠深处越开越远，一面为那只雀鹰担忧，希望能找到它，但我个人的心情却很复杂。我知道就算它逃走了，并且没有其他的猎人队伍碰到它，它也活不长；但哪怕已经失明，哪怕要付出必死的代价，它仍然如此渴望逃出牢笼，这似乎体现了野生鸟类的本质，显示了它们缘何重要。二十分钟后，当最后一个猎人两手空空地返回帐篷时，我心想：至少这只鸟有机会自由地死去。

一段友谊

一九八九年夏末的一个下午，比尔·沃尔曼打电话给我，说：“嘿，乔恩。你喜欢吃驯鹿肉吗？我刚去了趟北极，带了些驯鹿肉回来，快要坏了，珍妮丝打算炖了吃。”比尔说话的声音别具一格——平淡，实事求是，语气令人费解。他言下之意是我吃过足够多的驯鹿肉，知道自己喜不喜欢。这是一个微妙的玩笑吗？“快要坏了”到底是什么意思？对于比尔，你永远也猜不透。

那时候我住在皇后区，正在绞尽脑汁写我的第二本书，而比尔是我正式成为小说家后结交的第一个朋友。一年前在曼哈顿，我、我父母和我妻子曾与一对满脸皱纹的中年夫妇共乘一台酒店电梯。他们友好地冲我微笑，自我介绍说是比尔的父母。他们来纽约是为了出席我们正好也要去的那场文学奖的颁奖仪式。我在典礼上见到了他们的儿子，他看上去更像个高中科学展的冠军：他戴着镜片很厚的金属框眼镜，穿着不合身的运动外套，青少年般的肤色，发型蓬乱。我们才聊了不超过两分钟，他便突然提议我们互相写信。我们都没读过对方的作品，也对彼此一无所知，但比尔似乎已经决意要喜欢我，或者他可能天生心胸开阔，喜欢追求新体验，只是在跟着感觉走。他独特的嗓音让我有点措手不及，难以拒绝。

后来我才意识到，想要跟比尔这种人做到你来我往，是一件很危险的事。当我和他开始互相推荐书籍，我发现他不仅能在一下午读完五百页，还对读过的东西几乎过目不忘，简直拥有超强图像记忆。在我们约定交换未来的手稿后，我每隔九个月就会收到一个厚厚的信封，而我自己的下一本书却迟迟不见踪影，我甚至都忘了要把手稿寄给他。颁奖礼之后的那一年，我去了欧洲挥霍我的奖金，过了一个月才抽出时间给他写信，而他在收到的当天就回复了我。他还寄给我一本他的新书《彩虹故事》（*The Rainbow Stories*）的试读本，我飞快地读完了它——不是在一下午，而是在不到一周的时间里——心中满是钦慕与惊叹。我在纽约遇到的那个人，那个拥有一对和蔼的中西部父母的书呆子般的年轻人，原来是一个文学天才，对二十世纪八十年代中期旧金山的街头妓女、光头党和酒鬼有着深入的第一手了解。这本书有一个欢快的书名，但内容却恰恰相反。开头的引言是爱伦·坡的一句话，将人类的各种悲惨境遇比作彩虹的色调（“迥然不同”却“紧密相融”），而全书的语调就像比尔的声音，在清澈的真诚与激进的反讽之间游移不定。我十分喜爱那种声音，这时才后知后觉，发现他想和我做朋友是我的荣幸。当时我和妻子正要决定离开欧洲后的下一站，而我极力主张去纽约的原因之一就是比尔刚搬到了那里。

他和未婚妻珍妮丝·柳住在一栋现代高层建筑内的一居室公寓里，大楼位于斯隆－凯特琳癌症中心附近，珍妮丝是那里放射肿瘤科的实习医生。她用韩式风格烹饪的快坏了的驯鹿肉口味浓郁、蒜香四溢，是我在那里吃下的许多晚餐中的第一顿。夏天的时候，我加入了出版商的垒球队，会去中央公园打球，但在更冷的月份里，我定期逃离自己皇后区婚姻生活的唯一方式，便是搭乘 E 线或 F 线地铁去拜访比尔。我还记得在他卧室的电视上观看《四百击》（*The 400 Blows*），同时感到自己生活中一直缺失的似乎正是一个可以一起看外国电影的男性作家朋友。我不确定除了推荐的书籍和自己强烈的观点之外，我可能给过他什么，但我从他那里受益匪浅。他给我看他正在为自己的书画的墨水画，于是我决定去学画画。他向我展示了他用来写作的苹果电脑，于是我出门买了我的第一台电脑。（但当他和我抱怨说，每天打字十二个小时让他患上了腕管综合征，我只能对他的职业道德表示钦慕。）他告诉我珍妮丝会为他剪脚趾甲，这是我妻子肯定不会做的事。我很确定我不想让任何人给我剪脚趾甲，但比尔让我意识到，婚姻的形式五花八门，不是只有我的那种。他告诉我他喜欢我的妻子，但我和她似乎都被封闭的二人世界弄得喘不过气。他本人过着一种最不受拘束的非封闭式生活：环游世界，目睹他人的死亡，自己也险些丧命，与各个国家的妓女厮混。他用平淡的语气，反复建议我从事新闻业，或是去某个危险的地方旅行。

这方面我也试图效仿他。我接受了一个听上去很性感的任务，地点在辛辛那提，那里的地方当局最近关停了一场罗伯特·梅普尔索普[①]的摄影展。《时尚先生》杂志想约我前往与辛辛那提隔河相望的肯塔基州卡温顿市写一篇文章，聚焦那里的色情场所和脱衣舞俱乐部，以证明一些有关虚伪的可疑观点。如果是比尔，他会怎么做？他会结识几个脱衣舞女郎，录下她们对梅普尔索普事件的看法，或许还会试着和其中一个发生性关系，不做到这些绝不罢休。性爱这部分超出了我的能力范围，但我还是老老实实地去了脱衣舞俱乐部。那里又脏又压抑，也压根没有满屋的俄亥俄州伪君子，而且要我和脱衣舞女郎套近乎，还不如让我游泳返回河对岸简单。我写了一篇绵软无力的城市社会学文章，被《时尚先生》毙了，但我并不失望，反倒长舒一口气——尽管要是真能赚一笔稿费也不错。等我再次尝试做新闻，已经是四年之后的事了。

比尔和我都出生于一九五九年七月，他只比我大几周，但很长一段时间以来，我觉得自己远远落后于他。他可能并不完

① 罗伯特·梅普尔索普（Robert Mapplethorpe，1946—1989），美国摄影师，擅长黑白摄影。

全了解我，或者他主要是把我看作一个文学项目，一个需要被鼓励做他所擅长之事的小弟，因为那些事让他有所成就，我也有可能因此成功。但是他很睿智，而且不吝于分享自己的智慧。他能清晰地洞察我在婚姻中的处境，这是我很多年来都做不到的。等我跟上了他的脚步，与妻子分开，成为一个不那么胆小的记者时，他和珍妮丝又搬回了加利福尼亚。一九九六年春天，我在《哈泼氏》杂志上发表文学独立宣言一周后，他回到了曼哈顿,邀请我去他的图书编辑家参加派对。在出版了八本书（我出版了两本）之后，他正在考虑找一位经纪人，他想见见我的那位。我在聚会上介绍了他俩认识，接着，《哈泼氏》带来的膨胀感让我做了一件大有比尔风格，但我从没做过的事。我走向一位吸引了我注意的年轻女人，和她搭讪：我得到了她的电话号码。后来她和我交往了两年，其中有一年非常幸福。这就好像比尔领我走上了一条新的道路，并把我送到了路上的第一站。那场派对是我最后一次见到他。

我不会假装自己读过比尔所有的书。他像狄更斯和巴尔扎克一样极为高产，全部著作需要花费几十年时间才能整理出来。但正如《彩虹故事》中早已显露的那样，比尔更合适被比作梅尔维尔和惠特曼，这两位作家在呈现芜杂的新世界经验时，很少有可循的文学范例作为指导，因而他们主要相信自己，相信自己随身携带的直觉和智慧。和他们一样，比尔在写作中创造形式，他对权威也同样有着美国式的蔑视。他勇于打造宏大的项目，也偶有败笔。他形成的标志性风格——相对短小的段落，遵循一种更符合诗意而非叙事性的逻辑排列，冠以隐晦或讽刺的书名——反映了他对多数作家认为过于庞大而压根不会去碰的主题的处理方法：他把自己分裂成原子一样小，并将感受和情绪抛向风中。

比尔似乎对什么事都感兴趣。《彩虹故事》里一篇绝妙的中篇小说《蓝色远方》（“*The Blue Yonder*”）中，一个名叫“他者”的角色清空了金门公园里的一个垃圾桶，将里面的东西分门别类，试图找出旧金山酒鬼谋杀案的线索，而他怀疑那都是自己分裂的另一个人格干的。他对垃圾桶的“尸检”描写占了两页半篇幅：

> ……三个没完全压扁的百威啤酒罐，一个盖了盖子的肯德基包装盒，原本用来盛放滚烫的炸鸡（显然已经被吃掉了，因为现在里面是一摊蜂蜜色的粪便）。粪便下面是一张《纽约时报》的蓝色塑封，一张沾满鼻涕、硬得像花生脆一样的纸巾，还有一个“大陆”牌酸奶杯，里面有些酸奶没刮干净，已经部分液化，从杯壁上流了下来，吸引了一些豆形蛆虫……

在一段有趣的脚注中，作者证实自己在一九八六年十一月十三日亲自翻过一个垃圾桶，而且没有把所有垃圾都列出来，

“以免耗尽你的耐心”。小说后段，他参与了一位病理学家对一个名叫伊万杰琳的酒鬼的尸检，他对这第二次尸检的记述长达八页，有些句子是冷冰冰的医学用语，有些则充满感情，但没有一句是废话：

身体多像一本书啊！我们每个人都在其中写下了自己的人生故事，尽善尽美地描述了我们经历了什么，我们做了什么。伊万杰琳的肝脏就像一段题为“我想要什么”的章节。文字简短，但不乏感伤。“我想感受爱意、温暖、幸福和眩晕，”伊万杰琳曾写道，“我想住在蓝色的远方。我想住在蓝天和阳光之下。我想成为自己的主人。我得到了我想要的一切。”——病理学家继续剪啊剪。

继《彩虹故事》之后，我最喜欢的比尔的书是《地图集》(*The Atlas*)。里面的故事无比引人入胜，不仅因为他真的勇于以身涉险，决意自己投身于历史现场，还因为他在一个可怕而复杂的世界里对意义和秩序的不懈追求。肩负世界的阿特拉斯(Atlas)，本质上是艺术家的形象，符合浪漫派和现代派的设想：无所不能的个人主体性。而比尔尝试做的，正是为我们肩负整个世界的英雄壮举，这一点胜过目前活跃的所有美国作家。因而，或许并不奇怪的是，《地图集》中的最强音——贯穿全书字里行间，几乎让人难以承受——就是作者的孤独。书中让我无法忘怀的一刻是，在柏林的那个夜晚，比尔感到了无法排遣的孤独，他把自己所有的钱给了一个妓女，祈求换回她的一个吻。被拒绝之后，他又走向街上的另外三个妓女，想要得到一个免费的吻。其中一个如他所愿，从嘴里取出一团口香糖，却朝他脸上啐了一口，说：这就是你要的吻。

比尔的文本素材是如此丰富，可能会让人忽略了他是一位多么出色的文体家。一个作家尽可以去比尔去的所有地方，做所有他做的事，而如果他没法写得像比尔一样好，那一切都将毫无意义。他随意混淆事实与想象，用词之不当令人发指，直言不讳、粗鄙不文却句句属实，所有种种都化为充满灵感的诗。对他来说在纸页上书写似乎就像呼吸一样自然。同样自然，但并不轻易。要写出像比尔一样的作品，还必须拥有对文章的热情，对优美文体的渴望。我从他身上看到并喜爱的一点，正是他拥有那种热情和渴望。他的书为他赢得了一批狂热的追随者，对于他们，他是一个亡命英雄，一位地下冒险家。但我们这些有幸与他结交的人知道，当他说话的时候——与他听人讲话时不同（这方面他也是大师）——他的关注点就跑到了语法和标点上，跑到了“你在读谁的书？”和“她的句子写得怎么样？”这样的问题上。

我不知道为什么我和比尔渐行渐远。这可能只是作家们互相融合之后，又各自沉淀成了更加澄澈的自己，也可能是因为在我找到了新的道路后，我们那种特定的“大哥—小弟”关系失效了。还有就是，我阅读比尔作品的进度愈发落后，我们也不再同处一个城市。他和珍妮丝已经永久定居萨克拉门托，即使我后来常去三小时路程之外的圣克鲁斯，他却常常在远行，还能找个编辑付钱让他写那里的相关报道。

一九九五年我去萨克拉门托拜访了他一次，他带我去了射击场，让我用他的点 50 口径“沙漠之鹰”和英特拉泰克 TEC-9 半自动手枪打靶。火药硝烟中，弥漫着一丝熟悉却难以名状的气氛，一种海明威炫耀他男性气概（可怜的斯科特 · 菲茨杰拉德）（但海明威也很可怜！）的味道，夹杂着比尔对他的枪支孩子般的热情，他对自己射击技术的自豪，以及他对伙伴——要不是他，这个伙伴可能永远没有机会体验一把点 50 口径手枪的后坐力——耐心而谦逊的指导。我感到有点低人一等，老是被他平淡的语句、刻意的停顿、几乎不合逻辑的讲述弄得手足无措。但我很高兴能再次见到他。他生命中的许多篇章，都以一种冷静的、阿特拉斯式的专注与魅力刻在了他的身上。我们把他所有的武器都试了一遍之后，就回到他和珍妮丝那座郊区风格的大房子里，屋内小布尔乔亚（比尔自己的用词）风格的装饰，在一个只通过他的离奇作品认识他的人看来似乎不太协调。我对这栋房子印象最深的，除了比尔巨大的图书室之外，就是挂在楼上走廊里那幅裱好的世界地图。地图上布满了数以百计的图钉，标示出比尔去过的所有地方，其中很多都是偏远或危险地区，或者两者兼有。我很理解这种行为，因为我自己也有过类似的冲动，想做一张那样的地图，把自己真实地印刻在世界上，以此证明我曾在地球历史的某个特定时刻生活过、行走过。但在那座郊区豪宅的走廊里，看着比尔的地图，我感到的却是——孤独。

多年以后，我人正在圣克鲁斯，我的朋友大卫·华莱士则搬到了克莱尔蒙特，有天比尔给我打电话，他又有了个提议。“嘿，乔恩，”他用他一贯平淡的语气说道，“你去过索尔顿湖吗？我正在那里做一个项目，我想也许你、我和福斯特·华莱士可以一起去露营。”就算以沃尔曼的标准来看，这也是个疯狂的提议。索尔顿湖是圣迭戈东部沙漠里一个濒临消失的湖泊，是全美国最难闻、最不适合露营的地方之一，而大卫是我认识的最不喜欢户外活动的人。但我告诉比尔，我会跟大卫提一下这个主意。我和大卫说了之后，他回以一阵痛苦的沉默，接着转移了话题。直到很久之后，我才发现比尔的提议其实也非常棒，后悔当初没有多怂恿怂恿大卫。我后来对索尔顿湖有了更多了解，比如它是美国首屈一指的观鸟地点，值得为此忍受恶臭与成群的苍蝇。我多希望能进入一个平行宇宙待上几天，在那里和我的两位天才朋友一起露营，他们俩在那个宇宙里都还活着，或许还能发展出自己的友谊。因为到那个时候，在我写这篇文章的宇宙里，大卫死了，比尔和我已经完全失去了联系。

支持的兴味

年纪越大我越相信，小说家的毕生之作是其性格的一面镜子。这或许是我自身性格的缺陷：我的文学品位，与我作为一个人对作者其人的看法紧密地纠缠在一起——我始终不喜欢写《煎饼坪》（*Tortilla Flat*）时装腔作势的青年斯坦贝克[①]，却喜爱后期逆个人与事业之流而上，创作了《伊甸之东》（*East of Eden*）的斯坦贝克，并认为这两者之间有一条道德上的鸿沟。但我猜测，同情，或者缺乏同情，是几乎每个读者的文学判断中都会包含的部分。无论是对作者还是虚构人物，如果缺乏同情，一部小说就很难产生意义。

那么，在伊迪丝·华顿一百五十岁诞辰之际，该如何评价她

---

① 约翰·斯坦贝克（John Steinbeck，1902—1968），20 世纪美国作家，1962 年获诺贝尔文学奖。代表作有《人鼠之间》《愤怒的葡萄》及下文提到的《伊甸之东》等。

呢？即便文学发展到今天，我们也有充分的理由希望华顿的作品被阅读或重新阅读。你可能会对目前美国文学经典中女性作家比例的持续偏低，或者对学院以牺牲自然主义小说为代价，推崇刻意的形式实验而感到失望。你可能会哀叹，华顿的作品在大众眼中仍然和她戴的帽子一样过时，而且好几代高中毕业生都主要是通过她冷冰冰的且并不是最优秀的小说《伊坦 · 弗洛美》（*Ethan Frome*）了解她的。你可能会觉得，除了更为人熟知的美国小说谱系（亨利 · 詹姆斯与现代派，马克 · 吐温与乡土派，赫尔曼 · 梅尔维尔与后现代派，佐拉 · 尼尔 · 赫斯顿与黑人文学），还有一条不太引人注意的脉络，串联起威廉 · 迪恩 · 豪威尔斯、斯科特 · 菲茨杰拉德和辛克莱 · 刘易斯，再到杰 · 麦克伦尼和简 · 斯迈利，而华顿是其中至关重要的一环。你可能和我一样，想再次赞美《欢乐之家》（*The House of Mirth*），为《国家风俗》（*The Custom of the Country*）呼吁其应得的关注，并重新评价《纯真年代》（*The Age of Innocence*）——这三部书名结构类似的小说，都是她的杰作。但要考量华顿和她的作品，就是要直面“同情”的问题。

美国的重要小说家中，没有人比华顿的生活更优越。虽然她并不是完全不用为金钱发愁，但她过得好像有用不完的钱：她用继承的财产在富人区大买房产，沉迷园艺和室内设计，乘坐租来的游艇或专车无休止地游历欧洲，与权贵和名流交往，鄙视低级酒店。像华顿一样富有，也许是我们所有人暗地里或公开的愿望，但像她这样的优渥生活并不讨人喜欢：这让她在道德上处于劣势。而她的优越又与托尔斯泰的不同，没有他的社会改革计划和对农民的理想化。她极为保守，反对社会主义、工会和妇女选举权，思想上认同达尔文主义无情的世界观，排斥美国的粗糙、喧闹和庸俗（一九一四年她就在法国永久定居了，之后只去过美国一次，停留了十二天），而当她的朋友泰迪·罗斯福的政治主张变得更具民粹主义倾向后，她便不愿再支持他。她是那种假如商店店员拒绝借给她一把伞，她会给商店老板发去一封高调的投诉信的女士。她的传记作者，包括受人尊敬的 R. W. B. 刘易斯，都描述过这位艺术家工作时的标志性形象：早餐后在床上写作，把写好的纸页扔在地板上，由她的秘书整理并打出来。

原名伊迪丝·纽伯德·琼斯（Edith Newbold Jones）的华顿，倒是拥有一个可能起到弥补作用的劣势：她并不漂亮。她原本最想嫁的男人是她的朋友沃尔特·贝里，一个出了名的女色鉴赏家，但并非适合结婚的类型。经历了年轻时两次失败的求爱后，她无奈接受了一个和蔼的、没什么钱的小人物泰迪·华顿。他们随后二十八年几乎无性的婚姻，或许主要是她对性的无知造成的，而她将其完全归咎于她的母亲。众所周知，除了婚姻，华顿一生只有过一段肉体关系，就是与记者莫顿·富勒顿的婚外情。富勒顿是双性恋，生性就不安定，还是个劈腿惯犯。当时华顿已经近五十岁了，却像初恋般充满理想主义，难掩自己的激情——这在富勒顿保存的秘密日记和信件里都有详细描述。这种表现既让人动容，又略显尴尬，华顿本人后来似乎也有此感。

华顿的父亲是一个和蔼又隐忍的人，为满足妻子对奢侈生活的向往，他承担了巨大的经济压力，在华顿二十岁时去世了。华顿一生中对她母亲只有怨言，与她两个兄弟也疏远了。她的女性朋友相对较少，更没有任何与她才华相当的女性作家朋友——在同情的层面上，这对她又是极大的不利——但她与数量非凡的成功男士建立了亲密而持久的友谊，包括亨利·詹姆斯、伯纳德·贝伦森和安德烈·纪德。其中很多人是同性恋，要么就是决定一辈子单身。如果男性友人已婚，华顿对待他们妻子的态度似乎大多是冷漠或直白的嫉妒。

华顿同时代的一位评论家有一句妙语，说她写作起来就像一个更为阳刚的亨利·詹姆斯，这句话也适用于她的社会活动：她想和男人打交道，谈论男人们谈论的事情。詹姆斯和他圈子里的人给她起的绰号，诸如“老鹰”和“毁灭天使”，半是充满爱意半是恐惧，与他们对她的描述一脉相承。她并不迷人，也不容易相处，但她精力极为充沛，永远充满好奇心，总是很有趣，一贯令人畏惧。她行动力强，热爱探索，乐于奉献，喜欢思考。四十多岁时，她终于摆脱了婚姻的死气沉沉，成为一位畅销作家，泰迪却陷入了精神疾病的深渊，还侵占了她领受的遗产的一大部分。她为此心力交瘁，这是常人都会有的反应，但她还没有完全失控，依然知道逼泰迪还钱。三年后，她下定决心和他离了婚。既无美貌也无女性魅力的她，最终在各种意义上——除了性别之外——都成了自己家中的男人。

然而，关于美貌的一个奇怪之处是，它的缺失往往不会像其他类型的贫乏那样引起我们的同情。相反，如果伊迪丝·华顿也拥有格蕾丝·凯莉或者杰奎琳·肯尼迪那样的姿色，她的种种特权可能会更容易被原谅。没有人比华顿自己更清楚地意识到，美貌有一种不公平的能力，足以盖过我们对特权的憎恨。她三本最杰出小说的核心都是一位美貌绝伦的女主角，这是她刻意的选择，把关于同情的问题变得更为复杂。

《欢乐之家》的读者是通过仰慕者劳伦斯·塞尔登的目光认识女主人公莉莉·巴特的，他在纽约中央车站偶遇了莉莉。塞尔登随即想知道莉莉在那里做什么，他想道："她总是能引人猜测，这是她的特点，哪怕她最简单的举动，也似乎是深谋远虑的结果。"在塞尔登看来，一个像莉莉这样拥有惊人美貌的女人，不可能不随时盘算着如何利用自己的姿色。塞尔登想得没错——经济拮据的莉莉，总是被迫诉诸这种她最可靠的资源——但他也同样错了。莉莉的困境在于，纵然她拥有深谋远虑，却总是被一时的欲望和踌躇不前的道德感所干扰。

表面上看，读者似乎没有理由同情莉莉。她一心想获得的社会高度，连她自己也承认是枯燥无味的；她极度专注自我，并无真正的慈悲之心；她为别的女人不及自己美貌感到得意；她完全没有精神生活可言；她迟迟不愿追求唯一与她志趣相投的人（塞尔登），只因他收入微薄；她从无挨饿的危险。她基本上是那种最糟糕的派对女孩。而与之类似，华顿自己在生活中甚至从未试着表现出温柔可人，她也摈弃了标准的小说技巧，没有柔和或软化莉莉的形象——整本书都没有“恶人柔情”的时刻。那么，莉莉的故事为什么让人欲罢不能呢？

其中一个重要原因是，她没有“足够的”钱。莉莉的缺点或许不值得同情——她需要衣着光鲜地在桥牌桌前赌博，就是为了钓到一个能让她余生都衣着光鲜地赌钱的男人。但自巴尔扎克以来，小说作为一种艺术形式的神秘力量之一就是读者很容易对虚构角色的经济焦虑感同身受。当莉莉和塞尔登一同去散了很久的步，二人情投意合，但她同时毁掉了与无聊且守礼到可笑的巨富珀西·格莱斯结婚的机会时，哪怕这原本注定会是一段极其不幸的婚姻，你会发现自己还是想对她大喊：“你这个白痴！别这么做！回到房子里，去和格莱斯敲定婚事！”金钱，在小说中是一个如此强有力的现实原则，对金钱的需求甚至可以凌驾于我们对人物“从此幸福地生活”的愿望之上。华顿在全书中都运用了这个原则，以她一贯的冷酷无情，不断增加莉莉的经济压力，仿佛作者是在和无情的老天爷串通一气。

不过，最终击垮莉莉的并不是这个无情的世界，而是她自己的错误决定，是她没能预见到她的行为会造成的看似明显的社会后果。她易犯错误的倾向，是引发同情的第二个动因。我们都知道犯错误是什么感觉，而亲眼看见别人犯错的美妙滋味——尤其是和错误的人结婚——是从《俄狄浦斯》到《米德尔马契》（*Middlemarch*）的众多叙事的核心吸引力。华顿在《欢乐之家》

中强化了这种趣味，她创造的女主人公在婚姻市场上很抢手，却因为太害怕嫁错人而铸成大错。在关键时刻，莉莉一次又一次地毁掉了自己用美貌换取经济保障的机会，或者至少是获得幸福的机会。

我读过的小说中，没有哪本比《欢乐之家》更关注女性美貌的了。德语流利的华顿，选择给她百合花般的女主人公加上胡子——德语里就是“巴特”（Bart）——这富有性别反转的意味，一如作者本人的生活也有同样的反转，好让她艰难的生活得以维持，使自己的私生活故事变成写作的素材。书中的颠倒之处不止于此，例如赋予莉莉自己没有的容貌，却不给她自己拥有的财富。这部小说可以被解读为华顿从内心想象美并为之获取同情的一种持续努力，或者反之，是对她自己无法成为的派对女孩施虐狂式的缓慢而彻底的惩罚。小说中的美往往产生两种效果。一方面我们很清楚，美经常败坏美貌之人的道德品质；但另一方面，美代表了一种自然资本，就像一棵树的完美果实，我们本能地不愿看到它被白白浪费。在小说中，和莉莉财富的减少一样不可阻挡的，是她随时间的流逝逐渐消失的青春美貌。流逝从第一页就开始了——“在她深色的帽子和面纱下，她的皮肤又恢复了少女时代的光滑与色泽，过去十一年来的夜夜笙歌曾一度让她失去光彩”——之后莉莉困境的紧迫性更是被一再强化，促使我们与之共情。但只在全书的末尾，当莉莉抱着另一个女人的孩子，体验到一系列陌生的情感时，一种更为强大的紧迫性才闯入我们的视野。她的青春所蕴含的经济潜力，到头来只是一种虚假的价值，与其在自然的人类繁衍体系中的真实价值形成鲜明对比。本来只是莉莉个人的一连串悲剧突然间有了更重大的含义：这是纽约市社交界的悲剧，它最看重的事物与大自然背道而驰，于是扼杀了在物竞天择的原则下，原本凭借自然权利应当大有可为的“适者”女性。这也促使读者在莉莉骇人的畸形社会教养中为悲剧找到解释——华顿自己也觉得这种教养让她扭曲——并因此同情她。正如亚里士多德所言，悲剧的主人公必须让人心生怜悯。

但小说引发的同情，未必只是读者对虚构人物的直接认同。它也可能来自我对一个人物的钦慕，他拥有我所缺乏的美德（阿提克斯 · 芬奇[①]的道德勇气，阿廖沙 · 卡拉马佐夫的纯良心地），或者更妙的是，出于我想成为某个与我完全不同，而我并不钦佩，甚至都谈不上喜欢的人物的愿望。小说的一大费解之处——也是让其成为典型的自由艺术形式的一个特质——就是它让我们很容易对现实生活中不会喜欢的人物产生同情。或许贝基 · 夏普[②]是个卑鄙的攀龙附凤者，或许汤姆 · 雷普利[③]具有

① 美国作家哈珀·李（Harper lee，1926—2016）代表作《杀死一只知更鸟》中的人物。
② 19 世纪英国批判现实主义作家萨克雷（W. M. Thackeray，1811—1863）作品《名利场》中的人物。
③ 美国作家帕特里夏 · 海史密斯（Patricia Highsmith，1921—1995）代表作“雷普利系列”的主人公。

反社会人格，或许杀手“豺狼”[1]真想刺杀法国总统，或许米奇·萨巴斯[2]是个恶心又自恋的老色鬼，或许拉斯柯尔尼科夫想在杀人后逍遥法外，但我发现自己为他们每一个人鼓劲加油。毫无疑问，这有时是禁忌的诱惑力使然，来自幻想自己能无所顾忌、为所欲为的罪恶快感。但在每一个例子里，小说能将我对“坏人”的暗中嫉妒或平常的厌恶转化为同情，其中的催化剂就是欲望。显然，小说家要做的就是赋予角色一种强大的欲望（例如提升社会地位，杀人后逍遥法外），而身为读者的我，便会不由自主地将它变为我自己的欲望。

和《欢乐之家》一样，华顿的《国家风俗》中，也有一个旧纽约社会中的不适者未能幸免于生存的考验。但在这里，残酷的达尔文主义的“自然”变成了已实现工业化、赤裸裸信奉资本主义的新美国，而受害者绝对不是主人公温蒂妮·斯普拉格。这本小说读起来就像对《欢乐之家》刻意、彻底的颠覆。它将相同的同情因素施加在女主人公身上，但和她一比，莉莉·巴特就仿佛一个优雅细腻又讨喜的天使。温蒂妮·斯普拉格是经济繁荣的美国内陆的产物，她娇生惯养、无知、浅薄、缺乏道德观念、自私到极点——她的名字取自她祖父批量生产的一款卷发器。华顿创作这部小说的时候正值她准备彻底弃绝美国的

① 英国作家弗雷德里克·福赛斯（Frederick Forsyth，1938— ）作品《豺狼的日子》的主人公。

② 美国作家菲利普·罗斯（Philip Roth，1933—2018）作品《萨巴斯剧院》的主人公。

那几年，书中对这个国家怪诞、负面的漫画式描写——百万富翁范·德根因色欲涨红的脸，名人肖像画家波普尔愚蠢的装腔作势，旧纽约害人又苟延残喘的种种传统，野心家们空虚的寻欢作乐，腐败的官商勾结——读起来就像华顿精挑细选出来支持她论点的证据。华顿似乎是在说服自己，能产生出温蒂妮·斯普拉格这种人，甚至还以此为荣的国家，绝不是她的安身之地。

但温蒂妮的故事你绝对要读一读。《国家风俗》是最早描绘我认为全然现代的美国的小说，也是首次以虚构形式展现美国文化——在这种文化中，卡戴珊家族、推特、福克斯新闻的出现统统都不意外——的作品。辛克莱·刘易斯的《巴比特》(*Babbitt*)和菲茨杰拉德的《了不起的盖茨比》不仅直接沿袭了《国家风俗》，而且如果真要说的话，还没有后者那么现代。如今统治我们这个世界的金钱—媒体—名流关系网，在小说的第一章就借助希尼夫人（温蒂妮的按摩师，也是她早期的社交顾问）随身携带的剪报现身了，而剪报也成了小说的主题，作为衡量温蒂妮进步的标准在书中反复出现。温蒂妮虽然很无知，但也聪明到知道自己拥有记者想要的东西，而且也证明了自己非常善于操纵媒体。在这个过程中，她预见了现代美国社会的另外两个标志：金钱对所有社会差异的抹杀，以及物质主义提供的无尽享乐。在温蒂妮的世界中，什么都能用钱买到，什么都嫌不够。

然而，这本小说中最显著的现代元素是离婚。《国家风俗》

绝不是最早描写婚姻解体的小说，但它是西方经典中第一部以连环离婚为核心的小说，它敲响了“婚姻情节”的丧钟——在过去的几个世纪里，它曾为无数叙事提供活力。当每一个错误都能通过离婚来弥补时——温蒂妮正是这么做的——曾经高额的择偶风险就大大降低了。如今的代价大多是经济层面的。而华顿写这本书时，已然预见到自己不可避免的离婚，写作的时候便毫无保留。离婚贯穿了整个故事的方方面面，是这本书反复强调的主题。《欢乐之家》讲述了错误的不可挽回，最终以莉莉的生命之火渐熄告终；而《国家风俗》中，犯错的人却不必承担持续的后果，故事的结尾是漫画般的纯洁场景，温蒂妮嫁给了即将成为全美首富的男人，却仍不满足。你用不着欣赏温蒂妮·斯普拉格就可以对这个有勇气、热爱形式到这种地步的作者心生敬佩。华顿满腔热情地拥抱她新潮的离婚情节，与纳博科夫在《洛丽塔》（*Lolita*）中欣然接受恋童癖的程度相当。

温蒂妮是一个极端的个例，她本不讨喜，但她的欲望却令人莫名同情。她几乎坚不可摧，却又带着一丝滑稽，就像动画片《乐一通》里的威利狼。离婚对她的社会地位似乎是致命的打击，但她像威利狼一样挺了过来，继续往上爬，这让我十分感兴趣，和看罐子里的一只蜘蛛最终打败了其他蜘蛛一样让我着迷，但在读这本书时，我仍然不得不认同她的努力挣扎。这反过来产生了一种奇怪的效应，让本可能引人同情的次要人物（她的第二任和第三任丈夫，以及她的父亲）不再具有相同的威力。这些人令我颇为恼火和沮丧，因为温蒂妮的前进之路让我看得入迷，他们却要从中作梗。他们做事瞻前顾后，虽然理论上值得称赞，但与温蒂妮的欲望相比便高下立判。在这方面，温蒂妮可能会让你想到华顿本人，她的成就与活力最终压垮了她的丈夫。而当你阅读华顿的传记时，很难对她的两位重要的浪漫关系对象（贝里和富勒顿）心生好感，只因为他们无法对她报以对等的爱。驱动温蒂妮的唯一渴望就是对某种浮华的欢乐时光的享受，这或许和华顿对艺术、异国旅行和严肃对话的高层次渴求不尽相同，但温蒂妮酷似华顿的一点是，她自己也是一个孤独的女人，尽全力利用她被赋予的一切，在这个世界上闯出一条路。

通过这一点，我们的确能对华顿产生更深刻的同情。纵然她享有种种特权，纵然她竭力周旋于社交场，她仍然是一个被孤立的人，一个不合群的人，也就是说，她是个天生的作家。那个把早上写好的手稿扔到地上的中年女人和那个从四岁起便经常陷入恍惚状态而开始“编造”故事的人，其实还是同一个人。她从小受的教育就是要关心衣着和容貌，在精英社会的环境中保持礼节；从二十岁到三十岁，她都在尽职尽责地扮演大人培养她成为的角色，但她从未放弃做那个编故事的女孩。那个倔强的、渴望的、受困的女孩，现身于她所有最杰出的小说中，奋力反抗她那特权世界的陈规旧俗。她似乎很清楚自己是一个不讨人喜欢的人物，便将不讨喜的女性置于这些小说的前景，再运用叙事者最有力的武器——虚构欲望的感染力——为她们博得同情。

在最大程度上实现了这一点的，是小说《纯真年代》(1920)，写于华顿与富勒顿的婚外情结束许久之后，而在此之前爆发的第一次世界大战，让前面的几十年突然显得恍如隔世。在书中，华顿以空前的坦率讲述了自己的故事，把自己分裂成一男一女两个人物，将胡子和百合截然分开。小说的主人公纽兰·阿切尔体现了华顿的出身：他独来独往，离群索居，却深深陷入旧纽约的社会习俗中，尽管极不情愿，但仍不可避免地接受了这个稳固、保守的世界的安逸与规范。纽兰迷恋的对象，艾伦·奥兰斯卡，则正是华顿后来所成为的那种人：自力更生，远走他乡；从惨痛的婚姻中逃脱，不再抱有幻想；出生在纽约而拥有欧洲的自由精神。他们二人深受对方吸引，因为他们就像统一人格的两面一样彼此相属。终于在这一次，对华顿笔下人物的同情根本不是个问题。这次没有人犯错，金钱也成了次要问题。艾伦很美，但陷入了麻烦，纽兰想要得到她，但已婚的事实让他无能为力，仅此而已。

《纯真年代》的美在于它将目光放得颇为长远。通过将主要事件设置在十九世纪七十年代，华顿得以在结尾处将纽兰和艾伦带入一个彻底改变了的世界，在那里，他们早年的困境可以被视为特定时空下的产物。这本小说讲述的，不仅是他们过去无法拥有之物——他们表面温和的旧纽约家庭暗中阻挠他们拥有的东西——也是他们已经有能力去拥有的。结尾处有一句令人心碎的佳句，将纽兰未实现的欲望和盘托出，但说这句话的人并非纽兰或者艾伦，而是一直与纽兰维持婚姻关系的女人。在小说中，华顿的确将她曾称为“我全部的批判目光”的东西投注于扭曲她青年时代的社会传统上，但她也歌颂了这些传统。她将它们呈现得如此清晰完整，从历史的角度回望，真实地重现了它们的本来面目：一套兼具利弊的社会制度。如此一来，她让现代读者无法轻易地从谴责过时的制度中获得快感。相反，在小说的末尾，你体会到的是同情。

小说家的十条准则

1. 读者是朋友，不是对手，也不是看客。

2. 小说若不是作者个人进入恐惧或未知的冒险，就不值得写出来，除非是为了钱。

3. 绝对不要用“then”作为连接词——我们已经有“and”可用了。觉得文中的“and”太多就用“then”代替，这是懒惰或者迟钝的作者的办法，并不能解决问题。

4. 用第三人称写作，除非有一个真正独特的第一人称视点卓尔不群，非用不可。

5. 当信息变得免费且随处可得时，对小说长篇大论式的研究就会随之贬值。

6. 最纯粹的自传性小说需要纯粹的创造力。没有比《变形记》（*The Metamorphosis*）更富自传色彩的故事。

7. 比起追逐尾随，坐在原地能让你看到更多。

8. 如果工作空间里能上网，就不太可能写出好小说。

9. 有趣的动词很少真的很有趣。

10. 在变得无情之前，你要先去爱。

错过

不知是没几个小时前服下的安眠药作祟，还是因为我在纽约肯尼迪机场的安检队伍里站了五十分钟，眼睁睁看着捷蓝航空的工作人员让其他旅客排到队伍前面，以防他们因晚到而错过飞机，我感到我的脑袋有些不对劲。此时是六点十五分（a quarter after six），我正站在一个食品柜台前掏空塞得满满的背包外层口袋，想找到一枚二十五美分硬币。我买了浓缩咖啡和一块玛芬蛋糕，已经先给了店员六美元，凑够数目正好的零钱——六块零二十五美分，同样是 a quarter after six——似乎是一件天大的事，尽管我自己也觉得，我这么看重这个也挺奇怪的。

我终于找到了一枚二十五美分硬币，把我掏出来的东西装回了背包，这时我才想起来找店员要收据，而她正在给下一位顾客结账，那是一名年轻的拉丁裔男子。我知道自己不应该再去想什么报销咖啡和玛芬了，但此时收据好像也成了天大的事。我找店员要一张手写的收据，那个拉丁裔青年主动把他的收据给了我。我热情地感谢了他，并报答了他的好意：拖着他的滚轮行李箱扬长而去。

十分钟后，等我检查完邮件，又看了几场橄榄球赛的比分，我的视线落在了脚边的行李箱上。我最近刚买了一个崭新的维氏二十一寸滚轮行李箱，而我面前的这个箱子看上去出奇地大，也不是维氏的。

我连忙赶回食品柜台，得知并没有人把行李落在那里。我想起我还没有在新箱子上写上姓名和地址，想象着这个失误可能引发的后果——拉丁裔青年已经拿着我的箱子上飞机了！而且箱子里里外外都没有个人身份证明！——我搜遍了几个登机口，最后来到一个服务台前。拉丁裔青年正在那里和一位捷蓝航空的女勤务员交谈。他很高兴找回了自己的箱子。但我的箱子不在他那儿。

“我们先找找看，找不到再叫安保人员，”女勤务员说，“也许这位先生没留神，把你的箱子拿到别的地方去了。”

我觉得这不太可能。一定是别人拿走了我的箱子，可能是故意的。我怀疑只靠一个背包还能不能搞定这趟旅行。我跟着捷蓝航空的女勤务员回到大厅，一个接一个地查看全都拥有合法主人的行李。当时我感觉自己就像一个不走运的观鸟者，每种能想象到的鸟都看到了，就是没看到他急于找的那一种。但随后我们到了另一个烘焙食品味道糟糕的食品站，我想起之前我来过这里，还曾执迷不悟地寻找符合我要求的玛芬，始终难以抉择。而就在那堆玛芬前面，自顾自站在那儿二十分钟都没有被通报给安保人员的，正是我的维氏行李箱。

我此行的目的很明确：在我能随意支配的七天内，看遍两个岛屿上的每一种特有鸟类，其中一个岛属于大安的列斯群岛，另一个属于小安的列斯群岛。一个岛屿上的特有鸟类（意味着地球上其他地方都没有），对于习惯记录看到过的鸟类的观鸟者具有特殊的吸引力。我们若是错过了某个岛上的特有鸟类，就可能永远也见不到了，因为可以观鸟的地方实在太多，重返那座岛屿不知是何年何月的事了，而且在加勒比海地区，很多特有鸟类都处境艰难，以后只会越来越难找。假如我有两周时间，按理说就能尽数看完牙买加的二十八种和圣卢西亚的四种特有鸟类。但要在一周内完成这项任务，我便需要一点运气了。

虽然我基本不是个迷信的人，但我觉得在肯尼迪机场找回我的行李箱已经用掉了一大笔好运额度，而且我也确实对一个迷信的说法深信不疑：给出租车司机和酒店员工丰厚的小费，会大大提升我的观鸟运。因而，当我乘车从金斯顿机场到蓝山，因为掏钱的速度太慢没来得及给司机小费，这就更是一个不好的兆头了。

我在山上的民宿老板苏西·伯布里开着一辆 SUV 来接我，载着我驶过一条路况极差的路，来到她的咖啡农场兼民宿。一直以来，牙买加的蓝山咖啡有百分之八十都是出口到日本，但最近，自从福岛灾难之后，日本的需求量一落千丈。牙买加的咖啡加工者要么把从咖啡农那里的进货量砍一半，要么就把进货价格砍一半。苏西和丈夫现在靠旅游业赚钱，他们的客人中超过三分之一是观鸟者：全球对加勒比海地区特有鸟类的观赏需求，不像咖啡市场的起伏那么大。

苏西请我吃了法式咸派和红大黄冰茶，便让我出门去找鸟。我看到的第一只特有鸟类是一只橙喉雀[①]，正在农场下方的马路上闲逛。它长得很漂亮，灰蓝相间，喉部是橙色，我从双筒望远镜里欣赏了它几分钟。但不可否认，我看到它产生的快乐和我正在玩的数字游戏密不可分：看到了一种特有鸟类，还剩二十七种。后来我又看到了许多只橙喉雀，而它们也不过意味着“不是我仍在寻找的鸟类”。当然，漫步在一个鸟类种群丰富多样的地方本身就是一种享受。这是一种与往昔连接的方式，那时的大自然更为完整，没有支离破碎，也尚未退化——鸟类是一个健康的生态系统最直观的指标。观鸟还有一个额外的魅力和优点，就是可以带你去一个国家中大部分游客绝不会去的地方。它促成了一种与众不同的旅游业，让你的第一世界窥视

---

① 我遵循观鸟活动的行为准则，将观察到的种类的学名开头大写。例如，牙买加莺雀（Jamaican Vireo），特指牙买加多种莺雀（Jamaican Vireo）中的一种。——原注

癖得到矫正，而由于全神贯注于往你的鸟类记录里添加新的物种，这种癖好也会被谅解。

倘若你像我一样雇佣当地的观鸟向导，你也可以遇到与他们冷漠、敌视地对待自然的同胞格格不入的人，这十分令人振奋。我在那里第一个清晨的向导名叫林登 · 约翰逊（“我的中间名不是 B 开头的。”他说）[①]，是牙买加林业部一位三十五岁的雇员。考虑到糟糕的路况，我们早在天亮前就出发了，一路驱车进入山区，那里有大片从咖啡农场和其他开发项目中幸存下来的原始森林。不出几小时，林登就为我找到了另外十二种特有鸟类。其中包括名字和羽毛都很可爱的牙买加蝇霸鹟；闪耀着绿、金、红三色的短尾鸡，当地人称之为拉斯塔鸟；个头娇小，身着黑白相间西装背心的箭头林莺。乡间到处是这种林莺的近亲——十几种不同的、色彩更为斑斓的北美候鸟，它们飞越数千英里而来，只是为了在热带地区过冬；相形之下，始终坚守在一个岛屿上的箭头林莺就显得令人动容且神秘莫测。

在靠近公路的地方，林登还听到了牙买加最难找的特有鸟类之一，牙买加蜥鹃的声音，我们在那里站了很久，凝视着密林深处，盼望着能看上一眼。天气凉爽宜人，打破周遭寂静的只有偶尔驶过的卡车，车上载着一队队采摘咖啡果的工人。果实正在我们脚下的山坡上成熟变红，坡上挖出了一条山地自行

① 第三十六任美国总统名为林登 · B. 约翰逊。

车道，被当地的一位企业家冠以“裤裆里的蚂蚁”之类的称号。显然，蛳鹛没有被人观赏的兴致，我们便动身前往另一片离“欧椴树”农场更近的森林，而我对蛳鹛产生了一种不祥的预感。就像橄榄球赛一样，你也是在和时间赛跑，开赛初浪费的一个进球机会会始终困扰着你。一开始就错过了一个重要的特有鸟类，很可能是个重大损失。

下午两点，强烈的阳光让鸟儿不再活跃，我已经看到了十八种特有鸟类——数量多到我开始在脑海中回味它们，有意识地将每一种鸟和发现它们的地点联系起来。我的朋友托德·纽伯里，《狂热观鸟人》（*The Ardent Birder*）一书的作者认为，你应该只记录下能想起与其相遇的具体经过的鸟类：如果你对一只鸟没有任何记忆，就应该从清单上划掉它。我本人倒没有这么激进（如果在我去厄瓜多尔的观鸟清单上写着我看见了一只白腰唐加拉雀，那我对天发誓，我肯定看到过它），不过我确实赞同托德的看法，认为观鸟应当是一种体验你所处之地的方式，而不仅是一种在清单上做标记的动作。观鸟数量的意义应当和任何游戏的得分一样，是一个抽象的目标，一种为了获得某种常常伴随着不适的体验——清晨四点半起床，一直站到两腿发疼，忍受恙虫和蚊子的攻击——而激励自己的方式：倘若没有这个目标，你可能很容易就放弃这个体验了。

话虽如此，我仍对这次来个大满贯的概率感到乐观：我还有三天时间，只剩十种特有鸟类没找到了。但每当你感到成功概率很大时，都不是什么好事。第二天早上，天气无比凉爽，我和林登穿行在美丽的蓝山森林栖息地，头五个小时内没有找到任何新的特有鸟类。直到十一点钟，林登才奇迹般地在茂密的枝叶间发现了一只黑色的牙买加比卡雀，而在我眼中那里完全不像有鸟的样子。沿着路继续往下走，他又看到了一只不一样的黑鸟，潜伏在一团藤蔓和附生植物之间。虽然没有第一眼就看清它的全貌，但把我看到的各个部分拼凑起来，我相信自己看到的肯定是一只牙买加黑鹂，该国最罕见的特有鸟类。它只出没于人迹罕至、如今已愈发稀少的原始森林。我为它的不幸感到难过，但从一个自私的观鸟者的角度，能把这座岛上最难发现的鸟类加到清单上，我也很高兴。仅仅一天出头，二十八种特有鸟类我就找到了二十种。

在岛东北角附近的一家旅社里，我和我的下一任向导里卡多·米勒共进晚餐，他是政府的鸟类专家，也是牙买加国家鸟类协会的会长。里卡多长相英俊，戴着眼镜，思维敏捷。他在贫寒的家境中长大，立志成为一名飞行员。他加入了牙买加联合士官部队，在十五岁那年，他开着一架塞斯纳150型飞机拿到了牙买加只有两个的飞行员培训年度奖学金中的一个。随后他申请加入空军，笔试成绩优异，却因脊柱侧弯未能通过体检。他的第二志向是当数学家，但这不太实际，于是他选择了自己的第三志向，学习环境科学。“我一直喜欢户外活动，”他告诉我，

“我亲眼看到童年时代的海滩都变成了酒店。曾经那些穿过树丛的小路旁边如今已经没有树丛了。按照现在的发展速度，我想这个国家将来会需要环境学家。”

“那你父母同意吗？”我问。

“当然不同意。他们希望我当医生之类的。”

牙买加鸟类保护的特有问题在于教育的缺失。尽管有些非政府组织在这方面做得很好，但要向大批学童介绍国家的自然遗产，资金仍嫌不足，而曾在大学里引导里卡多这样的研究生走上鸟类研究之路的一位爬虫学家兼观鸟者如今已经去世。因此，现在研究鸟类的只剩下了外国人，三十岁的里卡多则是目前活跃的鸟会成员中最年轻的一位。

牙买加鸟类保护面临的更大问题是人口、文化和经济层面的。“我觉得我们的人口已经要失控了，”里卡多说，“这就意味着环境的压力更大了。我一直以为我们的人口是两百万，但忽然就听说变成了三百万，就好像是一夜之间发生的。”

“我听说是三百五十万。”我说。

“你看吧！一夜之间！”

据里卡多说，牙买加人往往觉得野生动物很恶心。“他们不喜欢任何爬来爬去的东西，”他说，“人们一看见蛇就会当场砍死。要是看见了壁虎，他们会用杀虫剂去喷。他们总觉得鳄鱼对他们虎视眈眈。”里卡多也认为，近来外国商人的大批涌入强化了牙买加人的这种心态。“以前牙买加人只是捕杀鳄鱼，”他说，“现在他们是吃鳄鱼。我认识一位生物学家，当时她在研究某块潮汐地，有一天她去到那里，发现一个外国商人正拿着刀，把石头上的所有东西都挑下来吃掉。她哭了——她得找一块新的地重新研究了。”

我曾提到过，在南美国家中，和智利这样大多由移民构成的国家相比，原住民人口占比高的国家在自然保护方面做得更好。里卡多也同意，牙买加的情况与智利的更相近。“牙买加人最初是被带到这里的奴隶，”他说，“他们与大自然的联系似乎在大西洋中央航线中失落了。他们现在只想轻松赚大钱。偷猎一只鹦鹉，你只能赚不到一百美元；而如果你让它留在森林里，带客人来观赏，鹦鹉的价值会大得多。但有时，为了接近鹦鹉的巢，盗猎者会把整棵树砍倒，这对鹦鹉种群是很可怕的，因为它们相当依赖老森林中的天然巢洞。海龟也面临着同样的情况：为什么要杀死一只来这里产下几百只蛋的母海龟？龙虾也是一样：为什么要杀死一只妊娠的母虾？”

作为白天工作的一部分，里卡多与岛上的猎人合作，他们获准在夏末射猎四种鸽类，数量有上限。猎人是环保主义者的天然盟友，但牙买加也深受往昔阴影的纠缠。“牙买加人鄙视打猎，”里卡多说，“因为殖民主义给我们留下了狩猎文化，但这是拥有昂贵武器的有钱人的专利，穷人对此充满厌恶。人们觉得政府鼓励打猎，却不允许普通人用笼子养鸟——这又是一种对穷人的苛待。”

克服环保经济障碍的最佳途径是生态旅游业。牙买加旅游局如今正在积极打造该国观鸟胜地的形象，带领旅行社进行信息采集，但要建立真正的生态旅游基础设施，需要投入大量资金，而没有基础设施，生态旅游就赚不了大钱。因此政府在持续推动全包式超级酒店的发展，毕竟这种酒店带来的就业机会不是几个几十个，而是数以百计。“这些超级酒店大多数时候都是空着的，”里卡多说，“每有一家新酒店建成，就意味着有一家旧的倒闭了。我个人认为，除非目前已有的所有酒店无论何时都有百分之百的入住率，否则不应该再给新酒店发放许可证。”

我问里卡多有没有自己的观鸟记录清单。

“我有，”他说，不好意思地笑了笑，“我承认我会记录。大概列了一百八十八种。”

“大概一百八十八种啊。”

他大笑了起来，告诉我他九月某天清晨在海滩散步的时候，发现了一只在迁徙途中筋疲力尽的莺。它累到没有力气逃走，于是他用手机拍了张照片。回到家后，在朋友的帮助下，他认出那是一只黑胸地莺。“所以或许可以说，”他说，“现在有一百八十九种了。”

次日清晨五点半，我已准备好出发，但酒店大堂内却不见里卡多的身影，我开始怀疑他是不是没有看上去那么靠谱。但很快，他就从外面车道上的一片漆黑中跑了过来，告诉我说他听见了一只牙买加鸮的叫声，而且看见它飞进了一棵树的枝叶间。我赶忙去拿我的手电筒。我们没能看到猫头鹰眼睛在树叶中的反光，也就无从得知它的位置，但当它从树后面飞起的时候，我借助手电筒和双筒望远镜看了个清楚，足够让我在它消失之前，从它的体型大小、肉桂色的羽毛和一般猫头鹰的特征中，认出它确实是牙买加鸮。

我们的目的地是艾克勒斯当路，一条狭窄的人行道，在约翰·克罗山脉之中蜿蜒而过。(“约翰·克罗”是当地人对红头美洲鹫的称呼，一种驼背、红脸、黑羽的鸟类。这个称谓据说来自一个名叫约翰的驼背传教士，他曾经在乡下到处寻找皈依者，总穿一袭黑色长袍，脸上晒得通红。)我和里卡多趁着暴雨的间隙走了好几英里，看见了两种牙买加的特有鹦鹉、三只巨大的栗腹鹃、一群牙买加鸦（因其特有的聒噪的叫声，当地人称之为“叽叽喳喳鸦”），还在一棵树的顶端看见了一只被称为“牙买加杧果”的蜂鸟，它洋红色的腹部时隐时现。

我们的首要目标是凤头鹑鸠，一种神出鬼没、生活在地面的鸟类，牙买加人叫它“山女巫”。栖息地的破坏，以及一种外来哺乳动物猫鼬的捕食都威胁着它们的生存，已经让它们变得和牙买加黑鹂一样稀有。里卡多最终听见了一只凤头鹑鸠的叫声，我则只匆匆瞥见了它低空飞过路面的侧影，和没看到差不多。我们刚跑到发现它的地点，一辆汽车便开了过来，打破了艾克勒斯当路美好的寂静。这是我们整个早上最早看见的车辆之一，不停地按着喇叭。两个男人从车行的反方向出现，一个手持重型链锯，另一个拎着一大罐汽油。片刻工夫，那条链锯就在我们下方山坡的树林里开动了，接着就传来一棵大树轰然倒下的声音。我们或许根本就没看到凤头鹲鸠，但这一刻仿佛是发生在一个人口密集、资金匮乏的国家的环保寓言。虽然我们周围的土地属于政府，但有很大一部分已被长期租给私人使用，加上林业部缺乏监管非法采伐的资源，山女巫的生存空间便越来越小。

到里卡多动身返回金斯顿为止，我只差两种特有鸟类没看到了——凤头鹲鸠和蜥鹃。次日早晨我又起了个大早，再次走上了艾克勒斯当路，但又下起了雨，越下越大，在我不得不出发去机场之前，我没有看到任何新的鸟类。我很想把听见蜥鹃叫声和没看清凤头鹲鸠的那两次算上，这样就可以宣布大满贯完成了，但我还是遵守了游戏规则，无奈承认自己离看遍牙买加所有特有鸟类还差两种。对于没能完成大满贯，通常的安慰方法是告诉自己“哦，好吧，我现在有理由回牙买加一趟了”，不过实话说，我知道下次再来加勒比海地区观鸟，我会想去那些拥有更多我没看见过的特有鸟类的岛屿。观鸟游戏的部分魅力就在于失败是不可避免的，因为没有人能看遍地球上的每一种鸟类，况且永远能赢的游戏也是不值得玩的。我很可能永远也看不到凤头鹑鸠和蜥鹃了。

到了圣卢西亚，来机场迎接我的是一位退役消防员，奥尔森·彼得。我们从卡斯特里驱车前往大西洋岸边一家名叫“宁静天堂”的旅馆的路上，他指了好几个消防站给我看。我谨记在牙买加犯的错误，给了彼得二十美元小费，但他把钞票装进兜里时露出了奇怪的表情，这让我挺意外。到了旅馆，主人洛琳·罗亚尔跟我解释说，我的预付款里并不包含五十美元车费，我却根据自己在牙买加的经验，想当然地以为这里也一样。她答应说晚点会再付给彼得五十美元，但我的这次错误又成了一个不祥之兆。

次日早上，我的向导是一个名叫梅尔文的年轻人。在我还在旅馆的后门廊上吃早餐的时候，梅尔文像个精灵一样，在一阵大麻烟雾里从黎明前的曙光中现身了。他穿着橡胶靴，卷着边的牛仔裤，网眼背心长及大腿，戴一顶针织保暖帽。从旅馆出发一路上行，他带我穿过一座香蕉农场，来到一棵名叫“爱之苹果”（pomme d'amour）的亚洲观赏树前，树上正盛开着亮粉色的花朵，无数蜂鸟在其间上下翻飞。我站在树枝下方，踩着厚厚的亮粉色花瓣铺成的地毯，连双筒望远镜都不需要，就能认出这些鸟。我和梅尔文随后下到沿海主干道上，把车停在“干燥”森林里的一块空地旁。说它“干燥”，只是和高海拔的雨林相比而言。梅尔文把拇指放到嘴唇上，发出了一阵很有节奏感的吱吱声，立刻引来了一对白胸嘲鸫。它们在我们头顶的一棵树上好奇地跳来跳去，确定我们不是同类之后，便又消失了。鸫这种鸟名不虚传，它们精力充沛，个性十足，我有点舍不得看它们飞走。

鸟种——观鸟记录者制作表格时所依据的类别——的定义是科学界持续的辩论主题。将鸟类世界划分成拉丁文命名的具体物种，等于是把一套略显武断的框架强加到一套包括基因、杂交和进化在内的流动且极其复杂的系统上。加勒比海地区的许多特有鸟类看上去和大陆的常见鸟类几乎完全一样，但在与世隔绝的岛屿上，却又恰到好处地演化出了略有差异的叫声、羽毛、构造或习性。（例如牙买加鸦，在我眼中它和我曼哈顿窗外的乌鸦没有什么两样。）美国鸟类学家联盟永远在修改它的官方分类法，把多个鸟种“归并”为单一鸟种，或者把单一鸟种“拆分”成一个或多个新的鸟种。这种拆分可能会制造出观鸟者所谓的“躺赚”（armchair lifer）：足不出户就能为你的观鸟记录增添一个新的物种。这就像橄榄球赛中，射门得分和达阵的定义可以无限次修改，已经结束的比赛结果也因此改变。

不过，白胸嘲鸫并不是一种处于灰色地带的鸟类。它的背部黝黑，正面一片雪白，和我见过的其他鸫鸟都不一样。这种鸟曾经在马提尼克和圣卢西亚都很常见，但由于栖息地受到侵扰，分布范围已经急剧缩小。如今马提尼克大概有两百只白胸嘲鸫，而圣卢西亚的一千多只则集中在大西洋沿岸的一小片干燥林中。七年前，白胸嘲鸫分布区中心一块五百五十四英亩土地的主人对它展开清理，想建一座度假村。他给度假村起了个倒霉名字（从鸫鸟的角度来看），叫“天堂”。随后开发商陷入了财务困境，但这是在他们将大部分濒临灭绝的鸫鸟赶出这片土地，挖出一片高尔夫球场，并动工修建几座大型建筑群之后的事了。从主路上就能看到这些烂尾楼，支离破碎，雨水堆积，看上去就像战火中遗留下来的军事设施。

后来，在飞回纽约的途中，飞机飞过“天堂度假村”正上空时，我好好看了看这个高尔夫球场，那里正逐渐恢复成茂密的灌木丛——对许多鸟类来说是优良的栖息地，但对居住在森林里的白胸嘲鸫却不然。我承认，我并不为开发商感到难过。捷蓝航空的机长在乘客广播中，不断提到我们正在离开“天堂”，让我有点厌烦。等抵达纽约，他说的第一句话就是“欢迎回到现实”。在我看来，机长恰好弄反了。即使深陷经济衰退，美国人也享有大多数西印度群岛居民所没有的奢侈；政治阻力再强大，我们仍然很好地保证了美国本土的濒危物种的处境，它们就算不是置身天堂，至少也能过上安稳日子。现实其实在南方，以不可持续的人口增长率和旅游业大开发的面貌呈现在世人眼前。

梅尔文平时是圣卢西亚林业局的员工，负责寻找和研究植物，当观鸟向导是为了补贴收入。他很招人喜欢，擅长在密林中发现鸟类并引诱它们现身——我们看到了可爱的圣卢西亚莺和其他许多小安的列斯群岛的特有鸟类，包括名副其实的灰旋木嘲鸫——但他对部分鸟类的实际名称不太清楚，所以我觉得，在我在圣卢西亚的第二个整天，跟随一位当地的专业观鸟者寻找剩下的三种特有鸟类会比较妥当，而洛琳已经为我安排了一位。但是洛琳说，问题是那位观鸟者是一名基督复临安息日会的教友，还没有给她回复确认，加上这天是周六，他可能天黑前都不会回信。

下午晚些时候，天气开始变凉，我开车前往德斯卡提尔自然步道，想看看能否找到一两只特有鸟类。好几条路在托马斯飓风引发的泥石流中裂开，被“拦腰截断”，我在找替代路线时彻底迷了路。不过我最终还是在太阳落山前四十五分钟抵达了步道起点。我带着望远镜跑下一条小径，在几块空地上停下来观察、聆听，但这片雨林虽然被保护得很好，却好像连一只鸟都没有。我这才想起“观鸟基本法则”中的一条：*最好的鸟，总是在停车场附近。*[①] 我连忙赶回车旁，耳边开始传来鹦鹉归巢的叫声，果不其然，在停车场逐渐昏暗的光线中，我清楚地看见了一只圣卢西亚鹦鹉飞过头顶。

我去了附近唯一一家酒类齐全的餐厅吃晚饭。坐在露台上另一桌边喝酒的，是一个名叫奈杰尔的健谈的英国人与两个年轻的英国女子，而让我惊讶的是，那位基督复临安息日会的观鸟人也在。奈杰尔为“探索”频道制作自然类影片，而我发现

① 这条原则还有条推论：可只有当你结束一场费时颇久、大汗淋漓的徒步旅行归来时才能看得见。——原注

那位教友第二天要带他去观鸟。奈杰尔邀请我加入他们，但我和他想看的目标鸟类并不一样，而且我为那位教友没有回复洛琳的信息，也没有遵守教义待在家里有些不爽。我在另外一张桌子边坐下，听奈杰尔滔滔不绝地给两个女孩讲着他在小安的列斯群岛看到的那些美妙的鸟儿。那位教友过来跟我道歉，解释说他以为我下周才到。我跟他说不要放在心上。

我回到“宁静天堂”旅馆后，洛琳告诉我那位教友刚给她打了电话。“他上来就说，”她说，“‘这不是我的错。’收到了里面写了日期的短信，就该记下来——这怎么就不是他的错了？”

我表达了我的怀疑，说那位教友可能觉得，和一位“探索”频道的制片人一起去会更有好处。

“唔，我没想到这一点。”洛琳说。

我向她保证，我对梅尔文非常满意。

隔天早上，我们回到德斯卡提尔步道的起点，碰巧遇上了奈杰尔和那位教友，于是答应和他们一起走。教友似乎是个挺不错的人，而且的确对这里的鸟类十分了解。奈杰尔一路扛着单筒望远镜和三脚架，举止也不像一个半吊子或者投机取巧者，倒真是个认真、狂热而痴迷的观鸟者。我告诉梅尔文，前一天晚上我看见奈杰尔一边喝酒一边讨好女孩，当时对他印象很差。梅尔文同情地点点头：“他当时太兴奋了。”我们用奈杰尔的望远镜看到了好些栖息中的圣卢西亚鹦鹉的美妙画面，它们拥有鹦鹉的所有优点：极爱社交，色彩斑斓，头部和肩部有华丽的图案，以及富于智慧的脸庞。奈杰尔饶有趣味地观察它们，这改善了他在我心目中的形象。

可是天空又下起了大雨，教友和梅尔文一样，都没办法把那些不愿露面的鸟儿召唤出来了。由于还是没有看到圣卢西亚拟黄鹂和圣卢西亚黑雀，我带着梅尔文回到了更为干燥的海滨。在先前看到白胸嘲鸫的地方，梅尔文不断发出唧唧的叫声，终于引一只母黑雀进入了视野。我们听见奈杰尔和教友在上方的灌木丛里发出噼噼啪啪的声响，便爬上一座泥泞的斜坡，看见奈杰尔正在树叶间看得出神，而我曾被反复警告过，这一带有大量剧毒的矛头蝮蛇出没。奈杰尔转过头，给了我一个疯疯癫癫的微笑，那是一种同道中人的微笑。教友告诉我，他们到目前为止只瞥到过一眼白胸嘲鸫，根本没看清楚。我决定闭口不提前一天自己和梅尔文在不到半分钟内就清清楚楚地看到了两只的事。

那天下午，我又前往德斯卡提尔步道寻找拟黄鹂，但天空中雨雾交加。暮色降临，我已经受够了一直找不到拟黄鹂，也受够了每天早上五点起床，但我还是乖乖地拟定计划，准备在天亮前出发，再给自己一次机会。然而到了早上，我却一点也不想起床。游戏的奥义就在于，你并不想细究自己为什么要玩它。游戏的表象之下是一种巨大的空虚，和我们忙碌的生活之下潜藏的空虚极为相似。我已经在牙买加错过两种特有鸟类了，就算在圣卢西亚又错过了一种，又有什么关系？说真的，我有没有看到任何鸟类，又有什么关系呢?

我赖床的回报是一场倾盆暴雨，从八点一直下到九点——我本来也是看不到拟黄鹂的，而且我很乐意趁这机会处理一下拖欠的电子邮件。但正当我处理邮件时，太阳出来了。我猛然想起，在去机场前我还有几个小时时间去看鸟，于是我匆匆收拾好装备，开车回到梅尔文之前带我去的那片干燥林。刚才被大雨限制住的鸟儿们，这时才又活跃起来。看到它们，我是多么高兴啊！我还为我的鸟类记录增添了一个新的鸟种——加勒比海拟霸鹟，在圣卢西亚算是“常见”鸟类，但我一直没看到。不过我看到现已很熟悉的蝇霸鹟和红腹灰雀，也同样很高兴。我两天前才看到它们，却已经觉得它们像老朋友了。

沿着海岸线继续往南，在维约堡的灯塔附近，我看着一对军舰鸟在我头顶正上方的空中，或争斗或求爱。我看见蓝天，碧海,绿树。一只热带鸟在水面上悠闲地盘旋。蜂鸟在四下穿梭。我很快就要去机场了，但我继续在路上慢慢走着，依然盼望着能看到圣卢西亚拟黄鹂，依然与它错过。

凡人：论萨拉·斯托尔法的摄影

我第一眼并不喜欢这些照片。它们让我想起我不愿再细想的几次失败，尤其是我没能在费城生活下去这件事。我人生中过得最糟糕的一年就是在费城，而且这么说也并非后见之明：那段时间我始终很清楚，这就是我一生中最不顺的一年。费城会快速消耗掉某种自我：它拒绝迎合我们的自尊。在这个意义上，它不同于“东北走廊”上其他伟大的劳动者城市，比如波士顿和巴尔的摩，它们都拥有强大的身份认同感，世世代代的居民皆以此为傲。一年中在巴尔的摩拍摄的电视剧数量和在波士顿拍摄的电影数量，比在费城十年中拍摄的还要多。除了开场悲伤的空荡街景的蒙太奇，配上布鲁斯·斯普林斯汀[1]哀婉的

① 布鲁斯·斯普林斯汀（Bruce Springsteen，1949— ），美国歌手。

歌声之外，乔纳森·戴米[1]的影片《费城故事》（*Philadelphia*）就没有什么特别的费城特征了。费城就意味着缺席，意味着失去，意味着中间地带。作为一种概念，它从未实现完全的具象化。即使身处布鲁克林最破败的角落，你也能望见远处曼哈顿的天际线，感觉自己被它保护着——纽约的分量提供的保护，保护你不被自己的情绪淹没。然而，从肯辛顿或者微风点瞥见费城市中心的天际线，只会又让你意识到自己没有别的更好的去处：它让你想到光线昏暗的通勤列车月台，过剩的办公空间，市政厅里洞穴般的寒意，以及我们国家那座开裂的、不再鸣响的自由钟。

这座城市近年的情况好了一点。但在二十世纪九十年代中期，只要你踏出你在费城的住所，就会被孤独以及孤独连带产生的一种美感所击中。那是一种没有被强烈的身份意识所玷污的审美体验，美得如此纯粹，令人心痛。我所知道的费城，几乎没有任何丑陋之处。所有的一切——洛根圆环广场被寒冬侵袭的大片草地；尚未改造的工业用地；等待被拆除的工厂；华盛顿街上加油站的塑料招牌；火车北站的鬼魂；南街贩售各种用品的破败商店；还有炼油厂和污水处理厂，从那个交通便利但地处偏僻的机场抵达费城的旅客，首先闻到的就是它们的气味——在一个人口锐减、工业衰退的世纪之末，这一切都岿然

① 乔纳森·戴米（Jonathan Demme，1944—2017），美国导演、制片人、编剧。

独立，执意展现着各自的与众不同。就连市旅游局最引以为傲的景点，例如艺术博物馆和里滕豪斯广场，也被空寂的天空、糟糕的天气、夏季的雾霾和冬日刺骨的寒风所困扰，在深不可测的特拉华河边，这些景点自己也显得很孤独。

诚然，的确有很多人住在费城，但以都市的标准来看，费城的人口密度很低。当你在纽约看到一个人，你看到的是一个“纽约客”，许许多多纽约客中的一个。纽约客们至少有一个共同点，那就是他们都在纽约。当你在费城看到一个人，你看到的是一个个体。你看到的是一张因周围没有足够多相似的面孔而无法一概而论的脸。你不知道这张脸背后的故事，但你清楚那里一定有故事。当你在等待宾州东南区公交车，或者等待下一张面孔出现在艾利伊山社区人烟稀少的街道上时，你有充足的时间把这张脸刻在你的记忆中。费城这座城市非常符合最纯粹、最基本的短篇小说形式，正如契诃夫、威廉·特雷弗和尤多拉·韦尔蒂所实践的那样——这些作家丰盈的同理心与好奇心，足以展现普通人生活无穷的特殊性。走在费城的街道上，我常常清晰地感到这些作家的伟大与卓越带给我的压迫，并希望自己有勇气去以想象进入凡人的故事，因为这些故事诱人的外表在我身边随处可见。但我感觉自己缺少勇气、好奇心或是兄弟般的友爱，这让我极为受挫。

凝视着萨拉·斯托尔法拍摄的四十张普通费城人的照片，我又一次体验了这种个人的挫败感。斯托尔法镜头下的凡人中，没有一张难看的面孔。事实上，没有一张脸不是美到了极致。和拍摄这些照片的城市一样，斯托尔法的照片拥有一种品质，能将“难看”这个概念变得毫无意义。或者，更准确地说，能让我们意识到我们日常关于“美”的概念是如何被机械性地建构的。要说费城丑陋，只是因为它与观看者想要或认可的东西相悖。这就是为什么我会认为，一座美丽的、建在曾经遍布野生动物的海滩上的四季度假酒店是丑陋的，在郊区肆意扩张的美丽豪宅是丑陋的，电视上支持可恨的政治观点的美丽脸庞也是丑陋的。反过来说，这也是为什么大自然中的动植物从来都不会是丑陋的，除非我们不喜欢它们。像斯托尔法这样杰出的人像摄影，其魔力就在于它定格被摄主体、摈弃对主体的注解的特定方式，它以此来规避我们日常的审美判断，将主体还原到自然世界中。在这个世界里，一切都是有趣的，一切都能激起同情与好奇，一切都值得仔细看上第二眼。她是一位用镜头写作的一流短篇小说家。

她也是一个非常摇滚的人。最好的摇滚乐，会通过浸入凡人的世界获得真实性。没有任何艺术形式像摇滚乐那样对其真实与否充满焦虑与怀疑，这一事实乍看上去自相矛盾，尤其是考虑到没有任何艺术形式比摇滚乐更贴近凡人了。（做摇滚乐，你只需要会演唱，以及 / 或者会弹奏简单的和弦，后者也只需要一双功能正常的手，两位数的智商，以及几个月的练习即可。）问题在于，只要乐队有了一点成绩，它的成功与专业性就会让人觉得背叛了摇滚乐之所以伟大的初衷，也即它一视同仁的民主性。主流音乐文化的很大一部分都致力于精心编造商业谎言，来混淆这个问题。（这方面我最爱的一句歌词，听上去就像是珍妮佛·洛佩兹的公关写的，毫不掩饰经营其形象的意图：“不要看我穿金戴银就当真 / 我还是那个混街区的珍妮。”）针对这个问题，一个更有吸引力的方法是走独立音乐路线，也就是乐队坚持当普通人、做普通人的音乐。斯托尔法平时在酒吧工作，她就是在那里拍下了这些照片，而她同时也是 The Delta 72 乐队的一员，该乐队的第一支单曲是由“反和弦”和“杀死摇滚明星”两家公司发行的，后者是一个喜欢恶搞自己名字的厂牌（“明星杀死摇滚”“摇滚明星开杀戒”之类）。The Delta 72 彻底践行独立精神的一次行动，是从华盛顿这个至少因孕育了硬核朋克而享有一丝恶名的城市，搬到了不上不下、鲜有人关注，因而无比真实的城市——费城。这种独立美学，或者说反美学，在《凡人》中俯拾皆是：不自然的灯光，工人阶级常服的刺激物，平价衣物，乏味的工作，不讲究的仪容，小面额的现金，濒临抑郁、酗酒等表面平静的绝望处境，在廉价酒吧和其他烟熏火燎的破烂场所的流连。然而即便如此，这也不是对摇滚魅力的否定，反而意味着摇滚领域的一次大举扩张，从中很可能散发出耀眼的光芒。《凡人》里的每个人物都成了自己画框中引人瞩目的明星，被动人的打光照亮，有着宛如摄影棚的纯黑背景，还有吧台上暴露个人癖好的小物件作为前景。

斯托尔法将吧台和上面的道具都拍进去，让图像既有连续性也有独特性，这一招十分巧妙，或者说恰当。以下是关于她书中四十幅照片里出现的东西的一些统计数字：

男性：27

女性：13

啤酒：34

　啤酒和威士忌：4

　啤酒、威士忌和一杯水：1

葡萄酒：2

威士忌苏打：2

无饮品：2

帽子：7

发带：1

叶状发饰：1

带文字的衣服（包括徽章和纽扣）：8

文身：4

清晰可辨认的婚戒：4

明显或可能没戴婚戒：19

现金：18

钱包：5

印刷品：8

立体声耳机：1

手机：2

香烟和 / 或打火机，和 / 或貌似使用中的烟灰缸：25

食物：1

最能引起我注意的数字就是香烟的数量，这也让我想到了我的第三项个人失败：我无法成为那种（独立的？真实的？）在酒吧里自得其乐的人。虽然自己曾经抽了二十年的烟，但吸烟始终是妨碍我享受酒吧的一大问题，就算是在禁烟场所，我也会因为自我意识过剩、节俭、耻辱、羞涩和礼仪焦虑而如坐针毡，除非我和一群人一起去。结果就是，面对《凡人》这本书，我无法不心怀嫉妒与向往——渴望自己也能成为凡人中的一员。这本书因此拥有了私人性。书名中隐含着每个被摄者与摄影师的关系。这二十五个直视镜头的人，不仅仅是在直视某个摄影爱好者，也是在看向他们定期会见到的酒保，萨拉·斯托尔法。他们可能是孤独的，但我却是感受到这一点的那一个。

看不见的损失

试想有一种身形瘦长的鼠灰色鸟类，和椋鸟差不多大，一生几乎都在汪洋上度过。无论什么天气，灰叉尾海燕——体重不到一点五盎司的一种温血动物——都在冰冷的海浪中寻觅小鱼和海洋无脊椎动物。它垂着双腿在海面上飞舞，脚尖掠过水面，看上去就像在水上行走，仿佛《圣经》中的彼得。

虽然灰叉尾海燕的近亲物种，体型更小的黄蹼洋海燕是世界上数量最丰富、分布最广泛的鸟类之一，但灰叉尾海燕却很罕见，只在加利福尼亚的海域生活。它们身上有一种独特的强烈麝香气味，在大雾中也能闻见。它们在水里最为自在，但和所有鸟类一样，需要到陆地上产卵和抚育幼鸟。为此，它们更喜欢不受干扰的岛屿。为了躲避掠食者的注意，它们在地下筑巢，比如岩石的缝隙或者洞穴里，并且只在夜间进出。

在旧金山金门海峡以西三十英里的法拉隆群岛野生动物保护区，一个当地艺术家团体用主岛上旧建筑废墟里的混凝土块建造了一种类似冰屋的粗糙建筑。冰屋上的一扇小门，可以通往一个铺着树脂玻璃的低矮空间。在夏天的夜晚走进去，打开一盏红灯（比白灯对鸟类的干扰更小），你或许能看见一只灰叉尾海燕淡定地坐在混凝土块裂缝底部的一颗蛋上，比在水面上看起来更加脆弱瘦小。你还可能听见它某一位隐蔽邻居的夜晚歌声，一阵从岩石间传来的轻柔而悦耳的咕咕声，仿佛来自另一个世界：那是海鸟的世界，它占据了地球面积的三分之二，却基本不为我们所见。不久之前，不为人类所见还是海鸟的优势，是它们的保护壳。但现在，随着海鸟从海洋中消失，它们需要人类的保护，而要关心你看不见的动物是非常难的。

如今的法拉隆群岛，是穿越回过去的一扇小小门户，那时岛上随处可见群群海鸟。我在六月去了一趟主岛，当时有超过五十万只鸟在保护区内筑巢。岛的四周是深蓝色的大海，海豹和海狮在海水中翻腾。在陡峭的山坡和植被稀少的平地上，可以看到海鹦、海雀、鸬鹚、胖胖小小的卡辛氏小海雀、长着怪角的角嘴海雀，以及在我看来未免太多的西美鸥。正值西美鸥的幼鸟孵化的时节，无论你走到哪里都会惹怒它们的父母，它们会发出刺耳的尖叫，跳到空中，向入侵者喷射恶臭的排泄物。

为了到达岛上崖海鸦的聚居地，忍受西美鸥的攻击也是值得的。有天早上，彼得·瓦西博克——保护组织“蓝点”的一位生物学家，该组织协助美国鱼类和野生动物管理局监测法拉隆群岛的野生动物——带我爬到一间用胶合板搭成的小屋，从那里能够俯瞰一座海鸦之城。两万只黑白相间的鸟儿，像一张粗磨胡椒织成的毯子，覆盖在一块倾斜的岩石上，悬垂在海浪拍打的悬崖峭壁之下。海鸦们并肩而立，尖尖的鸟喙突出，很像企鹅，它们在各自小到只有几平方英寸的领地上，有的孵蛋，有的守护幼小的雏鸟。整个群落有一种宁静祥和的气氛。偶尔会爆发出一阵轻柔的咯咯声，有些不怀好意的鸥不停飞过，搜寻着作为早餐的目标。有时，当一只海鸦笨拙地降落或是挣扎着起飞，会和它的邻居发生争执，但这场冲突结束得就像开始得一样突然，鸟儿们旋即继续整理羽毛，似乎什么也没有发生过。

“海鸦就是这样，”瓦西博克评论道，“它们不算很聪明的鸟。”

海鸦身体力行地阐释了何为奉献。虽然离婚并非没有先例，但它们通常会建立牢固的伴侣关系，可能在一起生活三十五年，每年回到同一个小小的领地，养育一只幼鸟。父母平均分担孵育的职责，一方留在鸟群中，另一方则在大洋上漫游，潜入海中寻找鳀鱼、年幼的岩鱼或者任何能捕到的猎物。当它从漫长的觅食之旅归来，留守的那一方尽管越来越饿，身上满是一条条的鸟粪，也仍然不愿离开它的蛋。关于海鸦的文献中记载了一桩轶事：一只母海鸦刚生下蛋，蛋就滚下了山坡。一只鸥飞来把蛋一口吞下，喉咙被撑起了一个巨大的包，它在原地站了片刻，随即吐出了蛋，蛋又往山下滚得更远了，撞到了一只站着的海鸦，它立刻爬到蛋上孵了起来。“没有蛋的话，”瓦西博克说，“海鸦会孵一块石头或者一片植物。它们会把鱼放到孵不出的蛋上，想喂蛋吃东西，而且绝不放弃。它们能在一颗死蛋上坐上七十五或八十天，两只鸟轮流孵。”

海鸦幼鸟刚刚三周大，还不会飞也不会潜水的时候就要下水。公鸟会和幼鸟一起下水，陪在它们身边长达数月，负责喂食并教它们捕鱼；母鸟由于在产卵期间消耗了极多热量，会独自走开，休养生息。父母的尽心喂养与分工合作卓有成效。法拉隆群岛海鸦的繁殖成功率极高，一般都超过百分之七十，它们也是北美洲数量最多的繁殖海鸟之一。瓦西博克和我参观的海鸦群落虽然很大，但其中的海鸦数量还不到整个岛上的百分之五。

今天的海鸦数量，意味着一个久远的悲伤故事暂时拥有了美好的结局。两百年前，俄国猎人在法拉隆群岛大肆捕杀北方海狗，那时有多达三百万只海鸦在岛上繁衍。一八四九年，淘金热让旧金山飞速发展，法拉隆群岛成了这个缺少家禽业的城市的诱人目标。到一八五一年，法拉隆禽蛋公司每年采集五十万枚海鸦蛋，出售给烘焙店和餐馆。采蛋工人春季坐船来到岛上，将已经产下的蛋打碎，接着将所有新产的蛋采集一空。接下来的半个世纪里，采自法拉隆群岛的海鸦蛋至少有一千六百万枚。海鸦对自己选择的巢址非常忠诚，年复一年地回到这里，结果自己悉心孵育的蛋却惨遭劫掠。

到了一九一〇年，主岛上的海鸦只剩下不到两万只。即使采蛋作业已经停止，岛上灯塔看守员养的猫和狗也会捕杀海鸦。驶入旧金山湾的船只油箱漏油，也造成了海上大量海鸦的死亡。直到一九六九年之后，主岛被划为联邦野生动物保护区，海鸦的数量才明显得到了恢复。随后，在二十世纪八十年代初，数量又再次暴跌。

这次的问题是一种无差别捕捞法，它被人们称为“刺网法”。将一张巨大的渔网在海面上拖行而过，被一网打尽的不仅是目标鱼群，还有鼠海豚、海獭、海龟和潜入水中的海鸟。如今，全球每年至少有四十万只海鸟死于刺网法——北方水域的海鸦、海鹦和潜鸭，南美沿海的企鹅和潜鹈鹱。全世界每年单算丧生海鸦的数量，就可能超过史上最具破坏性的漏油事故，一九八九年埃克森油轮“瓦尔迪兹号”漏油事件所杀死的鸟类数目——十四万六千只。

从二十世纪八十年代中期开始，美国包括加利福尼亚在内的许多州都开始注意到了这种生态乱象，对刺网法加以严格限制或者全面禁止。法拉隆群岛的海鸟数量因此立即激增。在过去的十五年里，没有了刺网的威胁，海鸦又可以自由活动，数量翻了两番。如今法拉隆群岛海鸦面临的唯一生存威胁，来自气候变化或过度捕捞对其食物来源造成的破坏。

彼得 · 瓦西博克窝在小屋里，记录下他研究方案中的海鸦带回巢穴的鱼种。法拉隆群岛的海鸦每个夏季要吃掉超过五万吨的鱼，对一个要与海鸟共享海洋恩赐的加州渔民来说，保护海鸦不仅仅是一个道德或美学层面上的问题。瓦西博克研究的鸟类就如同空中鱼类监测设备，是一支活生生的研究型无人机机队。它们仔细搜索数千平方英里的洋面，是寻找食物的个中高手。同样是搜集现存鳀鱼和岩鱼数量的数据，瓦西博克只需要双筒望远镜和笔记本，就能获得比加州渔业管理者在船上得到的更好的数据，而且花费要少得多。

法拉隆群岛的海鸦是幸运的。它们挺过了海鸟所能面临的大部分主要威胁，自身的经济价值也得到了证明。在过去的六十年里，全球其他地区海鸟的总体数量预计已经减少了七成。这个数字比它听起来还要糟糕，因为有极高比例的海鸟种群正面临灭绝的危险。全世界约三百七十种海鸟中，被列为濒危或受威胁的种类比例要高于任何其他鸟类种群。作为一个种群，鹦鹉有它们自己的困境，但它们也广受欢迎；野禽对猎人来说价值很高；鹰和其他猛禽惹人注目，有象征意义。而海鸟则在偏远险峻的岛屿上繁殖，在不适宜人类居住的水域度过一生中的大部分时光。假如它们彻底消失，又有多少人能注意到呢？

试想南大西洋上有一只年幼的信天翁。它顺着绕极风的方向，用它十英尺的翼展每天滑翔五百英里，借助鼻子来追踪水面附近鱼类、鱿鱼或甲壳动物的气味。觅食的最佳地点，通常是尾随在深海渔船之后。幼年信天翁绕着一艘拖网渔船兜圈子，眼睛盯着正在争抢被抛到船外的碎鱼肉、扭打成一团的小型海鸟。信天翁纵身飞入这场争斗，它的体型优势一览无余：一张巨大的喙，以及仿佛在宣告“我超大”的翼展。其他的鸟儿一哄而散，但当信天翁触到海面，大麻烦出现了。它伸展的双翼被渔船渔网上的绳索缠住了，一下将它拖到了水下，很快越拖越深。这一幕没有人看见。除了渔船的船员，波涛汹涌的冰冷海面上杳无人迹。即使船员有空去看，信天翁的消失也就在一眨眼之间，等到渔船继续前进时，它的尸体才会浮上海面。

在看不见的时候，每年都有数千只信天翁被拖网渔船杀害，更有数万只死在延绳钓渔船的鱼钩上，海燕和鹱的死亡数量甚至更多。全球渔业造成的意外死亡，是海鸟面临的最严重的两大威胁之一，而且这个问题很难解决，因为深海渔船一般都是在巨大的财政压力和极少的监管下运作的。只有少数国家对渔船误捕海鸟的问题实行了严格管控。

南非是这些国家中的一个。在开普敦的一个小港口，我遇到了一位擅长金枪鱼延绳钓作业的船长，迪昂·范·安特卫普。陪我同行的是国际鸟盟南非部负责海鸟保护项目的生物学家，罗斯·万利斯。万利斯来港口，是为了听取安东关于政府制定的海鸟保护法规的意见。安东身材健壮，十分健谈，一脸不悦地朝着渔船后部一篮淡绿色的渔线铅坠比画着。“这东西我们都丢了三千个了。”他说。

延绳捕鱼杀死信天翁的方式与拖网捕鱼不同。一只较小的海鸟潜入水下，将装了鱼饵的鱼钩带到海面上，试图把鱼饵扯下来，这时信天翁闯了进来，把鱼饵连鱼钩一起吞下，自己却上钩淹死了。一种解决办法是给鱼线加上铅坠，装了鱼饵的鱼钩便能在海鸟飞来前快速下沉。但当一条上百磅重的金枪鱼被拖到船上，鱼线随之反弹时，裸露的金属砝码可能会像子弹一样击中船员的额头。国际鸟盟推荐的做法是使用带有发光塑料外壳（光会吸引鱼类）的铅坠，安东很想在他的船上试试。“我每抓到一只鸟，”他对万利斯说，“就意味着可能我错过了一条鱼。但是法令得合乎实际才行，否则，大部分人才不会拿它当回事。”

于是，一位异常负责任的船主，以及一名致力向全球的深海渔船推广利于鸟类保护的捕鱼方法的环保主义者，展开了一场详尽的讨论。安东对塑料铅坠的主要不满在于，国际鸟盟要求的装配位置离带饵的鱼钩太近——“鲨鱼一咬断鱼线，铅坠就没了。”假如把铅坠和鱼钩之间的距离增加到四米，是不是就可以了？万利斯皱着眉头指出，这样鱼钩下沉的速度会太慢，没法保护海鸟。不能增加距离的话，那增加铅坠的重量呢？安东说他很乐意做个实验——他真的不想抓信天翁。他只想捕金枪鱼，并且不损失铅坠。

渔船可以通过拉一根“驱鸟绳”进一步减少海鸟的误捕数量，那是一根色彩鲜艳的流苏绳，末端安着一个塑料圆锥。驱鸟绳成本低廉，使用方便，用来防止鸟类尾随渔船非常有效。一艘拖网渔船，只用一根驱鸟绳，就能把信天翁的死亡率降低百分之九十九之多。由于延绳钓渔船的鱼钩在驱鸟绳的范围之外仍然接近海面，南非政府要求渔船多加一项保护措施，要么给延绳加重，要么在天黑以后再放置延绳，因为那时不属于鸟类的活跃时间，而且黑暗让它们看不见鱼饵。

万利斯的妻子，安德莉亚·安吉尔，是国际鸟盟“信天翁专案组”的组长，夫妻二人十多年来一直与南非政府和渔船队合作。目前，所有在南非海域作业的商业渔船都必须采取减少海鸟误捕的相关措施，万利斯和安吉尔也正尝试和南非渔船队的每位船长建立联系。“要想做出成绩，”万利斯告诉我，“不是靠提出什么花哨的技术解决方案，而是要与人联结。”在他和安吉尔的努力下，南非每年的海鸟死亡数量从二〇〇六年估算的三万五千只减少到了目前的三千只。邻国纳米比亚的拖网渔船队，则将误捕的海鸟数量从两万只减少到了一千只。

不过，保护海鸟需要的不仅仅是法规，还必须对渔船进行独立监测，以及，在理想情况下，为整个产业提供经济激励，以减少海鸟误捕。尽管延绳捕鱼者们有一个很直接的理由不想误捕海鸟——“他们宁可抓上来一堆万元大钞，蓝鳍金枪鱼就值这个价。”万利斯说——但对他们来说更有力的潜在激励，还是市场对可持续捕捞渔业的推崇。为了追寻这种优质市场，尤其是欧洲的市场，南非的许多渔船队都自掏腰包，聘请观察员随船同行，确保其遵守有关鸟类误捕的规定。如果船上没有观察员，连安东这样的船长有时也会违反规定。

政府要确保渔船遵守法规，最好的办法是强制要求每一艘渔船安装数码摄影机，对正常捕鱼和误捕的情况进行监控。二〇一六年，在澳大利亚针对热带地区的金枪鱼船队实施这项方案时，惊慌失措的船长们纷纷致电该国的监管部门，询问在哪里能买到驱鸟绳。“船上一旦安了摄影机，就没得玩了，”万利斯说，“你可能会因为没买那一百块钱的驱鸟设备，就丢掉了你的捕鱼执照。”

另一种前景大好的新科技，是一个名为“钩荚”（Hookpod）的装置，万利斯称它为“银弹”。它包含一个塑料硬壳，能够包住上了鱼饵的鱼钩，让鸟吃不到鱼饵，也避免鸟咬到鱼钩，等到下沉到安全深度之后才弹开。钩荚虽然不像鱼钩或者铅坠那样价格低廉，但和金枪鱼的价值相比就要便宜多了，而且它还装有能吸引金枪鱼的 LED 灯。“我们喜欢钩荚的一点，”安东对我说，“就是因为有那个灯，我们放了六个到水里，其中的两个都捕到了鱼。”

理论上说，通过让钩荚成为所有延绳钓渔船上的标准配备，要求所有拖网渔船使用驱鸟绳并直接禁止刺网捕鱼（在南非已经实施），是有可能让海鸟在全球海域都能安全生存的。不过到目前为止，全球的形势还是不容乐观。万利斯和安吉尔已经将他们的活动范围扩展到了南美洲、韩国和印度尼西亚的渔业，虽然取得的成果并非完全不乐观，但世界上规模最大的船队却很少顾及或完全无视海鸟的死亡率，它们面向的市场大多也对可持续性漠不关心。万利斯估计，单单是延绳钓渔船，每年仍然会杀死三十万只海鸟，其中包括十万只信天翁。这个数字对灰鹱这种数量丰富的鸟类都已经够多了，而对许多种成熟缓慢、通常仅隔年繁殖的信天翁，更是意味着灭绝的危险。现代捕鱼作业的危害已经很大，但海鸟还要面对一种更加致命的威胁。

戈夫岛是南大西洋上一块二十五平方英里大小的火山岩，数百万只繁殖的海鸟在此安家，包括世界上所有的大西洋圆尾鹱，以及几乎所有的特岛信天翁——现已被列为极度濒危物种。罗斯·万利斯第一次去戈夫岛是在二〇〇三年，以博士候选人身份前往研究，之前其他的研究者曾报告说，刚会飞的圆尾鹱和信天翁幼鸟数量低得惊人。众所周知，被人类带往世界各地岛上的大鼠和猫会大量捕食海鸟，但戈夫岛上没有大鼠和猫，只有小鼠。用摄像机和红外线灯，万利斯记录下了小鼠对圆尾鹱幼鸟的所作所为。“太阳落山后，”他说，“一只小鼠进入了圆尾鹱的巢穴。它犹豫一下，便开始啃食幼鸟。接着又有几只小鼠赶来，我亲眼看见了那场疯狂、恶心的围攻。血流了出来，小鼠越来越兴奋。有时有四五只小鼠挤在伤口前舔食血液，甚至钻进去吃幼鸟的内脏。”

海鸟的进化过程中没有遭遇过陆地掠食者，它们对小鼠毫无防备。待在漆黑洞穴里的圆尾鹱甚至看不见幼鸟出了什么事，鸟巢里的信天翁也缺乏识别小鼠威胁的本能。二〇〇四年，万利斯记录了一千三百五十三次戈夫岛上特岛信天翁繁殖失败的例子，大部分是由于小鼠的猎杀，繁殖成功的记录只有五百条，近年来的繁殖失败率更是高达百分之九十。戈夫岛上所有种类的海鸟中，每年被小鼠杀死的幼鸟多达两百万只，而其中很多种类的成鸟也在捕鱼作业中丧命。海上的成年特岛信天翁的年死亡率已经飙升到百分之十，是自然死亡率的三倍还多。百分之十的成鸟死亡率，加上百分之九十的繁殖失败率，就等于灭绝。

海鸟数量的灾难性下降有很多成因。对鳀鱼和其他小型饵料鱼的过度捕捞，直接剥夺了企鹅、塘鹅和海鹦繁殖所需要的能量。金枪鱼群会把较小的鱼驱赶到海面上，对它们的过度捕捞更会加大鹱和海燕的觅食难度。气候变化改变了洋流，似乎已经导致了冰岛海鹦的繁殖失败，在低洼岛屿筑巢的鸟类也容易遭受海平面上升的灭顶之灾。塑料污染（尤其是在太平洋）堵塞了海鸟的内脏，它们因为吃不到真正的食物而挨饿。而海洋哺乳动物数量的回升——在其他方面看来，这是一个成功的环保故事——却导致更多的海豹吃掉了企鹅幼鸟，更多的海狮抢占了鸬鹚的繁殖地，更多的鲸鱼和潜鸟争夺食物。

然而，海鸟的头号威胁仍是外来的掠食动物：大鼠、猫、小鼠，它们在海鸟繁殖的岛屿上泛滥成灾。这是个坏消息。好消息是，入侵物种问题是有可行的解决方案的。位于加州的非营利组织“岛屿保护”及其他类似机构已经完善了直升机和地理信息系统（GIS）的技术应用，可以在岛上大规模投放针对掠食动物的毒饵。这种大规模杀害毛茸茸的小型哺乳动物的行为可能会让动物爱好者痛心疾首，但人类当初引入的掠食动物，即使并非有意，也已让有些物种濒临灭绝，人类应当为这些物种负起更大的责任。

迄今为止最雄心勃勃的灭鼠行动，是由“南乔治亚岛遗产信托”发起的。南乔治亚岛距离南极半岛九百英里，是大约三千万只海鸟的繁殖地——要是没有大鼠和小鼠，这个数字可以轻而易举地再乘以三。从二〇一一年到二〇一五年，该机构斥资逾一千万美元，用三架直升机飞遍南乔治亚州每一片无冰覆盖的区域，投放毒饵。从二〇一五年开始，岛上再也没有发现活的大鼠或者小鼠。

类似的行动计划于二〇一九年在戈夫岛上实施，南非的马里恩岛也将在二〇二〇年效仿。小鼠是在十九世纪被捕鲸船和捕海豹船带到马里恩岛的。二十世纪四十年代，南非政府引进猫来控制鼠群，但猫很快就野生化了。它们没去杀小鼠，反而开始大量捕食在岛上筑巢的小型海鸟。（“小鼠对猫是什么一清二楚，”罗斯·万利斯解释说，“海鸟可不懂。”）马里恩岛在一九九一年驱除了最后一批猫，本以为海鸟数量会就此回升，但却事与愿违。“小鼠是唯一的解释了。”万利斯说。

海鸟是极度脆弱与极度强韧的动人结合体。一只二十磅重的特岛信天翁无力阻止一盎司重的小鼠吃掉自己的幼鸟，却能在寒冷的海水和猛烈的狂风中茁壮成长，还会威吓大型海鸥。由于信天翁寿命很长，即使二十年都繁殖失败，只要鸟巢面临的威胁解除,它仍可以生出小鸟。“海鸟对复育的反应很快,”“岛屿保护”的科学总监尼克·霍尔姆斯告诉我，“解决了陆地上的威胁，能提高它们对其他威胁的抵抗力。”“岛屿保护”和合作伙伴联手消灭了加州圣巴巴拉市南部阿纳卡帕岛上的大鼠后，斯氏海雀（崖海鸦的一种小号表亲）的孵化成功率迅速从百分之三十跃升到百分之八十五。如今，阿纳卡帕岛上的斯氏海雀生活无忧，甚至首次记录到了灰叉尾海燕在该岛上繁殖。

要预防某个物种灭绝，你首先得知道它的确存在。你需要眼见为实的证据，而海鸟偏偏善于将这些证据隐瞒起来。看看红圆尾鹱的故事吧。一八六七年，一艘名为“品红号”的意大利研究船在南太平洋击落了一只灰白色的大型海燕，并将其制成了标本。在一个多世纪的时间里，这一直是该物种存在的唯一科学证据。但越不容易看见就让人越想看，一位名叫大卫·克罗克特的业余鸟类学家在一九六九年决定前往新西兰的查塔姆群岛寻找这种鸟。尽管来自欧洲的和毛利农民已经将查塔姆群岛主岛的大部分开垦为牧场，它的西南角仍然有森林。八百年前，波利尼西亚人中的一支，莫里奥里人，曾在岛上定居，他们留下的粪堆中有成堆的不知名的海燕骨骼。克罗克特读到过一些记载，说后世的莫里奥里人捕捉并食用一种大型海燕，当地人称之为“泰可”(taiko)，直至一九〇八年都有记载。他怀疑“泰可”就是红圆尾鹱，而且它可能仍在森林里挖洞筑巢。

莫里奥里人从前捕捉泰可的那片森林后来属于一位毛利裔的牧羊人，曼努埃尔·图阿努伊。想到有可能在自己的土地上发现一种失落的本土鸟类，图阿努伊和他十几岁的儿子布鲁斯协助克罗克特开展了一系列寻找泰可的艰辛工作，他们在森林中四处搜寻洞穴，在夜间设置聚光灯吸引海鸟飞来。在布鲁斯看来，克罗克特是一个“追逐‘泰波’(taipo，毛利语，指鬼魂)的怪人”。布鲁斯后来娶了一位来自邻岛的年轻女子，丽兹·格里高利－亨特，她也被迫加入了他的家族对泰可的追寻。“你就这样被卷进了这个漩涡，”她告诉我，“这成了你的生活。”

一九七三年一月三日晚上，克罗克特的努力得到了回报，他在聚光灯下看到了四只符合红圆尾鹱外貌描述的鸟：眼见为实的证据。但他还想活捉泰可，找到它们筑巢的地方，这比看到它们更难。又过了五年，有天布鲁斯和丽兹开车从农场进城，在路上被布鲁斯的一个叔叔拦了下来，他告诉他们一个消息：“他们刚捉住了两只泰可。”又过了十年，克罗克特和一队科学家借助无线电追踪这些被捕获的鸟，才在森林里发现了两个有泰可出没的洞穴。

对图阿努伊一家来说，这仍然只是个开始。泰可唯一已知的繁殖地点在他们的岛上，这种鸟之前受到的威胁差点让它们灭绝，它们需要保护。泰可洞穴的周围设置了一系列陷阱，用来抵御外来的猫和负鼠。曼努埃尔·图阿努伊还在邻居们一片认为他“疯了”的议论中，向新西兰政府捐赠了两千九百英亩的灌木林，后者将这片林地的大部分围上栅栏，阻止牛羊进入。几年之内，在这个家庭的努力下，已知的在森林中繁殖的泰可数量开始上升，如今已超过二十对。

一月一个炎热的日子里，我跟随英国海鸟专家戴夫·博伊尔和英国志愿工吉赛尔·伊戈尔，长途跋涉来到一只被他们编号为 S64 的雌性泰可的洞穴。它正在里面孵化一颗蛋，是由一只雄性泰可受精的，它在这里生活了十八个季节，才终于吸引到一个配偶。等它的蛋孵化之后，它就会花更多时间在海上觅食，博伊尔想在那之前仔细检查 S64。“我们无从得知它的年龄，”他说，“它可能在别的地方和其他配偶繁殖过，也有可能还很年轻。”

一路上地势崎岖，森林茂密，不时出现沼泽。S64 的洞穴藏在一个陡峭的山坡上，上面覆盖着厚厚的蕨类和树木凋落物。博伊尔跪下身，取下之前安装在洞穴末端地下的一个木质巢箱的盖子。他往里瞧了瞧，伤心地摇了摇头。“看来幼鸟在破壳的时候卡住了。”

幼鸟早夭并不罕见，如果母鸟年轻且经验不足，这种情况便更为普遍，但对一个总数仍然只有两百左右的鸟种来说，每一次繁殖失败都是一个打击。博伊尔把手伸进箱子，拿出 S64。它算是一只大个儿的鸌，但在他的手里显得很小。它对自己多稀有多珍贵浑然不知，不停扭动着身子，拼命想咬博伊尔，直到他把它塞进了布袋。为了不让它在洞穴附近徘徊不去，博伊尔把死掉的幼鸟和塌掉的蛋壳（幼鸟的腿就是卡在了上面）也一并拿走。和伊戈尔一起，博伊尔给 S64 系上腿环，用针头抽取了它的 DNA 样本，并在它的背部皮肤下植入了微芯片。

“它今天可受罪了。”伊戈尔说。

“身上安了微芯片，”博伊尔说，“我们就再也不用处理它了。”

历经几世纪的被掠食和栖息地的消失，幸存下来的少数泰可都在森林深处筑巢，并非因为那里是理想地点，而是因为相对安全。要想飞上天空，即使是成年泰可也得先爬上树，而羽翼未丰的雏鸟更要花几天时间才能费尽艰辛离开森林，而之后它们可能会因为过于虚弱，无法在海洋上生存。图阿努伊一家在一九九八年成立了正式组织“查塔姆群岛泰可信托”，其目标之一是从岛外募资，在离海更近的地方建设一块完全没有掠食动物的围场。这片名为“甜水”的围场于二〇〇六年完工，现在很多在森林中出生的幼鸟在长好羽毛前都会被转移到“甜水”，让这个地点“印刻”在它们的记忆中，鼓励它们回来繁殖。

第一只印有“甜水”记忆的泰可在二〇一〇年回归，此后又有更多的泰可回到“甜水”。

泰可信托还将查塔姆圆尾鹱（一种比泰可更小，濒危程度与其相差无几的鸟）的幼鸟从附近的岛转移到“甜水”，为这个物种创造了一个安全的备用筑巢地。此外还有查塔姆信天翁，这种鸟唯一的群落位于近海一块被称为“金字塔”的狭小的锥形岩石上，毛利文称之为 Te Tara Koi Koia。为了增加查塔姆信天翁的数量，泰可信托曾用渡船将三百只幼鸟运到主岛上第二片没有掠食动物的围场，就在图阿努伊家农场雄伟的海崖上方。“为了让信托生存下去，”丽兹·图阿努伊说，“我们意识到必须多样化发展其他物种。”

丽兹被卷进这个漩涡已有四十年。她如今是泰可信托的主席，她和布鲁斯一共为十三片林地围上了栅栏，其中有七片完全是他们自掏腰包。从中获益的不仅是海鸟，还有本地的植物群与陆地鸟类——美丽的查岛鸠一度在主岛上濒临灭绝，现在的数量已超过一千只。但布鲁斯更愿意强调保护与农耕之间的协同作用。他告诉我，将森林围起来也保护了他的水道，在暴风雨中为他的牲畜提供了庇护，也让他更容易召集他的羊群。我追问他，为什么一个牧羊的家庭要肩负起拯救世界上三种最罕见鸟类的重任，投入如此多的心力与金钱，他耸耸肩，表示持有不同意见。“如果我们不做，”他说，“就没有别人会做。找寻泰可要花大力气。这是我们生活的一部分，但也是查塔姆群岛的一部分——它引起了整个岛的关注。”

“这棒极了，”丽兹说，“我们现在保护丛林的人数，是二十五年前的十倍。”

“如果我们不做，”布鲁斯说，“下一代要做就更难了。”

在我看来，查塔姆群岛和我们大多数人生活的这个世界之间关键的区别在于，岛民们不需要努力想象海鸟的样子。很快，年轻的查塔姆信天翁们就会回到泰可信托在悬崖边那块没有掠食动物的围场求偶，从那里坐船到“金字塔”只需两小时。那里又高又陡的斜坡上，眉头紧锁的信天翁父母正在照顾灰绒绒的雏鸟，蓝色的海水在下方起伏，冲刷着覆满海藻的岩石。头顶上方，信天翁展开巨大的双翼御风而行，盘旋飞舞，数量多到让你失去对尺寸的概念，一眼看上去误以为它们和海鸥差不多大。只有极少数人，在一生中有机会看到它们。

2001 年 9 月 13 日

多年来我反复做的一个噩梦，是关于世界末日的，内容如下：一个拥挤的现代都市场景中，有点像曼哈顿下城，我驾驶着喷气式客机，沿着一条大街飞驰，周围的一切都不太对劲。似乎我两边的高楼不可能不把我的机翼撞断，我也不可能在这么低的速度下保持飞机不坠。道路大多是堵死的，但我总有办法来一个急转弯，或是让飞机钻过立交桥下，只是总有一栋摩天大楼高耸在前，我不得不垂直向上飞才能避开它。我拉起飞机，爬升的角度却只有令人绝望的一点点，摩天大楼赫然耸现，猛地朝我压来，这时我便在我平时睡的那张床上醒来，感到难以形容的解脱。

星期二这天，噩梦没有醒来。你找到一台电视，看了起来。除非你真的是个大好人，否则你很可能会像我一样，体验到几个互不相容的世界在头脑里的碰撞。除了在电视上看到的恐怖与悲伤，你还可能因为自己一天的生活被打乱而沮丧得像个任性的孩子，或者自私地担心起自己的钱财会不会受损，也可能对这次精心策划、完美执行的袭击感到佩服，或者最不堪的，对它造成的壮观景象惊叹不已，啧啧称奇。

不用在意某些巴勒斯坦人是否正在街上载歌载舞。在某个地方——你绝对可以打包票——策划此次袭击的死亡艺术家们正在为双塔倒塌的骇人之美欢欣鼓舞。经过多年的梦想、努力和期盼，他们此刻正体会着莫大的成就感，与所有他们祷告以求的东西分毫不差。其中一些兴高采烈的艺术家或许此刻正躲在满目疮痍的阿富汗，那里的人均寿命只有四十岁。在那个世界里，只要你穿过市集，就一定能看到残肢断臂的男人和小孩。

在这个世界里，曼哈顿的天际线已残缺不全，五角大楼焦黑的残骸让人联想到喀布尔[①]，而我试图想象一幕我不愿想象的场景：飞机撞向大楼前一刻，机舱内的景象。控制系统前，一个恐怖分子念着感恩真主的祷词，希望自己能被从这个世界瞬间传送到彼岸，那里会有天国美女作为他辉煌战绩的奖赏。机舱后部，美国人挤成一团，颤抖着，呻吟着，想必有很多人正在向他们的上帝祈祷一个完全相反的结果。接着，片刻之后，无论对劫机者或人质都是一样，世界就此终结。

---

① 喀布尔（Kabul），阿富汗首都。

撞击之后，街上的幸存者们说，是上帝的指引和恩典将他们从死神手中解救了出来。但即使这些幸存者跌跌撞撞地走出烟雾，他们仍然步入了一个不同的世界。谁能想到，在一个美好的周二早晨，一切竟会如此突然地结束呢？仅仅两个小时内，我们就告别了电玩经济和顶级豪宅的欢乐时代，进入了一个充满恐惧与仇恨的世界。即使整个九〇年代你都在等待这场终结时代的大撞击，即使你始终相信，纽约之后一定会发生恐怖袭击，只不过是迟早的事，但你在周二早上感到的不会是智力上的满足，也不是感同身受的恐惧，而是深切的哀痛，因为我们永远失去了那个繁荣而健忘的时代的日常生活：路上塞满了快递货车和载了客的出租车，当地影院上映《现代启示录》（*Apocalypse Now*）重映版，周三去市中心约会喝酒，贝瑞·邦兹[①]打出六十三记全垒打，“美国在线”（AOL）每小时更新的珍妮佛·洛佩兹动态。周一早上，《每日新闻》的头版头条是《基普斯湾租户称：家中发现致命霉菌》。这个头版实在棒极了（在往后的一段时间内也会一直令人叫绝）。

旧世界，也就是比尔·克林顿的九〇年代世界的考验，是要谨记在繁荣与自满的背后，死神正伺机而动，所有国家都痛恨我们。新世界，也即乔治·布什的〇〇年代世界的问题，将是在动荡与恐惧面前，重新重视平凡的、微小的，甚至荒谬的

① 贝瑞·邦兹（Barry Bonds，1964— ），前美国职棒旧金山巨人队球员，拥有多项美国职棒纪录。

事物：哀悼死者，努力觉察我们微小的人性，以及令我们愉悦的日常琐碎。

寄自东非的明信片

我在家和大哥鲍勃聊天，他问我去东非狩猎是不是一个人非做不可的事。他有些旅行经验丰富的朋友——一帮狂热的度假爱好者，以及主张要列一张“遗愿清单”的人——向他保证的确如此。我也是这么认为的吗？

我的确和鲍勃一样，对遗愿清单这类事情很是恼火。我们之所以不感兴趣，是因为厌恶其中明目张胆的消费主义，以及它用花言巧语掩盖背后现实的方式。如果你真的是个重度现实主义者，就应该明白在清单上完成的某件事前打钩并不能推迟死亡的到来，或者让它变得没那么讨厌。而且当我们两腿一蹬，回归永恒的虚无后，生命中累积的各种经验都不再重要了。列遗愿清单的人仿佛认为，只要度假规划得好，就可以在死亡面前蒙混过关。

“那里有些国家美得不得了，”我说，“恩戈罗恩戈罗火山口[①]有世界上绝无仅有的美景。”

“但你不会说这件事我非做不可。”鲍勃说。

“当然不会。你应该做你想做的事。”

我跟他说的都是他想听的话。而其实，我确实觉得东非是必去之地。我是去那里观鸟的，这把我和那些遗愿清单爱好者区别开来。但这只是换个方式陈述了“我为何去东非旅行”这个问题，而并没有提供答案。

想想法国社会学家让·鲍德里亚的“拟像”（simulacrum）理论吧：消费资本主义已经用现实的再现取代了现实本身。除非乘坐直升机或单引擎飞机旅行，否则你不可能看不见东非各地存在的对比。那里有整洁葱郁的公园，其中角马和大象随处可见，而公园之间则是过度放牧、人口过剩、垃圾遍地的乡村：可口可乐的霸权帝国；德尔蒙食品公司戒备森严的菠萝种植园；外国工程师为加快碳酸钠和煤炭开采修建的铁路和高速公路；艾滋病与宗教恐怖主义的幽灵。这些公园的作用就是拟像，让游客（大部分是白人，全部都很富有）享受某种“非洲”的“体验”，至于这个“非洲”能再现到什么程度，则取决于他们有多少钱。当地的猴面包树和相思树，夜空中对北半球的人来

① 恩戈罗恩戈罗火山口（Ngorongoro Crater），位于坦桑尼亚，非洲最著名的自然地标之一。

说陌生的南半球星象，这些都是如假包换的体验。但是，就像如今亲身经历暴风雪的人会惊呼“和电影里的一模一样”，看着塞伦盖蒂国家公园里的斑马，可能你脑子里想起的却是佛罗里达野生动物园里的斑马。不仅真实的东西不再真实，它还让你觉得是复制品的复制品。已有太多的自然纪录片在塞伦盖蒂取景，这让它更加不堪负重。任何看着《国家地理》纪录片长大的人，都会觉得狮子扑倒瞪羚的画面是拍烂了的俗套，然而更糟糕的是，这种想法本身也已经变成了俗套。这种生死一线的戏剧化场景，游客在自己家里就能看得极为清楚，现在让他远远地瞥上一眼，他究竟能从中得到多少附加价值？这个世界真的还需要更多业余人士拍摄的长颈鹿照片吗？

对我来说，还有哺乳动物的问题。为了说服二哥汤姆和一个也叫汤姆的大学好友同行，我跟他们保证说，一路上能看到数不清的毛茸茸的野生动物，绝不只有鸟类。但在我和旅行主办方“跳鹛观鸟之旅”沟通时，我强调如果我必须在观看猎豹和研究一只矮胖的小棕莺之间选择的话，我会选择后者。

据说大部分人喜欢哺乳动物甚于鸟类，是因为我们自己就是哺乳动物。在我看来，这种论调既合理又值得商榷。如果大自然最大的吸引力就是“他者性”，我们为何需要自己的近亲来让它变得有趣呢？这难道不是一种尴尬的自我陶醉吗？鸟类的先祖是恐龙，又拥有飞行能力，它们才是真正的他者。然而鸟类和我们一样，是明显的两足动物，也和我们一样主要对图像和声音做出反应，可以说，它们比别的哺乳动物更接近人类。其他哺乳动物大多有四只脚，行踪隐秘，它们的世界主要依靠嗅觉。

在哺乳动物爱好者眼中，生活在精心设计的动物园里的小象和非洲自然公园里的小象一样可爱。后者唯一的附加价值，是小象得自己找草吃，而且看上去随时可能受到狮子的攻击，还有就是自然公园的边界远超我们的视线之外。然而，把鸟关在鸟舍里就等于否定了它的本质：你看不到一只鹰展翅翱翔，那它就形同无物。要感受非洲的鸟类，你就非去非洲不可。

倘若如众人所言，异国旅行的重点在于"创造回忆"；倘若如我坚信的那样，我们的回忆本质上是由好的故事组成的；倘若好的故事必须拥有某种意想不到的元素，那么可以说，旅行的意义就在于出乎人意料之外。我二哥汤姆到达内罗毕后，惊讶地得知他的托运行李还在华盛顿的杜勒斯国际机场。他等了四天才等到了他的行李，这无疑会成为他这趟旅行中最重要的回忆和故事。

制造惊讶的一个简单方法就是不要预先做功课。比如我就惊讶地发现，采采蝇并不是像蚊子那样昼伏夜出的狡猾昆虫，而是一种白天活动、爱咬人的凶猛大苍蝇。是我错了。但我会记住那些苍蝇，还有我们的坦桑尼亚司机兼本地鸟类专家盖坦那根皮革手柄的牛尾巴，他用它来驱赶自己背上和我们那辆兰德酷路泽里的苍蝇。

另一件意料之外的事，是我们在那辆兰德酷路泽里待的时间之久。大多数观鸟之旅都是没完没了的走走站站，对双脚是残酷的考验。因为非洲的哺乳动物，尤其是大象和水牛有一定危险性，我们只有在休息站和几处野餐区才被允许下车。就算到了休息站可以去森林里走走，我们还是得带上一名武装守卫，寸步不离地跟着。我哥哥是最受不了这个的,他两岁的时候（你可以在家庭影片里看到）就痛恨约束，喜欢一个人到处晃。我们在恩戈罗恩戈罗附近的一个小休息站徒步的那次，临近结束的时候，汤姆已经怒火中烧，于是我怂恿他开溜，自己走完最后的一百码。因为这事，我们团的向导大卫严厉地教训了我们一顿。旅程刚开始的时候，另一个汤姆就说过，他最害怕的就是被别人吼。在大卫教训过我们之后，我哥哥汤姆承认，这也是他最害怕的事。

除了意外的惊喜，理解异国现实的另一个方式是让它逐渐征服你。在非洲时，我花了好一阵子才摆脱“我好像是在佛罗里达”的感觉。但最终，由于坦桑尼亚和肯尼亚的国家公园幅员辽阔，野生动物的数量极为惊人，我开始将一群群食草动物视为某种类似完整生态系统中的成员，在脑海中把它们放在一段连续的历史中（在这段历史之初，它们在非洲大陆四处自由地漫步），并因此至少略微体会到了它们的神奇之处。

我开始真的“看到”它们。斑马的头部出奇地大，它们爬上斜坡时，腰腿部显得十分结实。它们看似温顺可骑，但显然并非如此，这让我觉得非同寻常。剑羚是一种非凡的动物，长着一对极长的角，几乎不用转头就能挠到自己尾巴盖住的部位。长颈鹿身材高大，跑起来的时候（它们有时会跑）就像是在做慢动作。（我们的动作在小鸟眼里一定也是这样。）角马的精髓在于数量：在塞伦盖蒂看到一只角马，就能看到二十五万只。迁徙途中，它们排成一队前进，好似蒙大拿州绵延无尽的运煤火车，从地平线一端延伸到另一端。河马据说是非洲最危险的野生动物，但当我看着一大群河马在池塘里打滚，互相朝对方身上喷水，翻过身漂在水上，粉色的肚皮和圆滚滚的脚底朝着天空，我觉得它们也是最可爱的动物。然而纯粹就领袖风范而言，没有动物可以与水牛匹敌。它们的表情就像海豹突击队队员那样有股狠劲，眼睛里闪烁着完全不像牛的智慧之光。在恩戈罗恩戈罗，我们曾看见一只巨大的公水牛逗弄三只睡眼惺忪的狮子，牛群里的其他牛则在一旁看得津津有味。公牛转头看了一眼，好像是在确认观众们的注意力，接着径直朝狮子走去。三只狮子不得不打起精神，另找一个地方睡觉，浑身上下透露着厌烦。得胜的公牛趾高气扬地迈起了阔步。

大型猫科动物是许多电影里的常客，但它们其实是最难看到的哺乳动物。有次我们偶遇十四只睡在树上的狮子，最大的那头母狮纵向跨坐在树枝上，后腿别扭地悬在空中，姿势非常滑稽，这一幕看得我十分满足。看一只花豹大头朝下，从笔直的树干上走下；看狞猫剥下啮齿动物的皮，像吃一根肉冰棍那样两口吞下，这些都很有意思。但关于大猫的最佳时刻，是看见一只母猎豹端坐在靠近路边的地方，因为那是最意想不到的一次——那会儿天色已晚，雨势又大，大卫提醒我们说草长得太高，很难看到大猫。母猎豹凝神注视着路的对面，视线一动不动，发出了两声可爱的低吼。大卫伸手指向远处的堤岸，那里有两只小猎豹，正迟疑地回头望着母豹。有谁能忍住不去看两只担惊受怕的小猎豹？我不能，所以我看了五分钟。但随后，这出猎豹家庭剧继续发展，母豹领回了两只幼崽，带着它们走进了草丛深处，于是我转而开始搜寻树上的鸟儿。

观鸟的特点在于，无论你做了多么充分的功课，把预期看到的鸟种研究得多么详细，等真的看到之后，还是会大吃一惊。在塞伦盖蒂的时候，我们把某条路段反复巡视了好多遍，盼望能看到灰冠盔鵙这种罕见的地方性物种，却一无所获。到了最后一天下午，大卫、盖坦和我又出去碰运气，两个汤姆则没有跟来。大卫试着播放了一段灰冠盔鵙叫声的录音，马上就有七只灰冠盔鵙紧紧聚成一群，一起飞过路面。它们的优雅与美丽，是让我们大为受用的奖赏，而且也让我们受宠若惊。大卫和我击掌相庆，盖坦则在驾驶座上傻乎乎地乐得直跳，一边抽打着他的牛尾巴苍蝇拍，像是在挥舞一根皇家权杖，一边大叫着："我们太厉害了！"

东非最具代表性的大型鸟类——随处可见的紫胸佛法僧，花枝招展的蛇鹫，比瞪羚还大的灰颈鹭鸨——用肉眼即可观赏。小群的黑羽地犀鸟在草地上悠然漫步，用充满感情的眼神打量着四周，简直就像人一样，接着猛然低头整理羽毛，也可能只是想沉思片刻。皱脸秃鹫是食腐鸟类中体型最大的，看到鬣狗留下的腐肉碎屑，它们总是第一个去享用。体型较小的秃鹫规规矩矩地等待着轮到它们，就好像是在夜店外面的围绳后面排队一样。高大的秃鹳漠然地站在一边，好似身穿燕尾服的侍者。雄性鸵鸟展开大片的白色羽毛左右摇摆，以此求偶。虽然你在 YouTube 上也能看到这个场景，但要欣赏它的全貌——一只八尺高的大鸟，像一个在婚宴上喝得烂醉的男宾客一样跳舞——你只能亲自来看。

不过真正带领我深入非洲核心，让我忘记自己观光客身份的，是体型更小的鸟类。一座公园究竟是自然的一部分，还是仅仅是一种拟像，这完全取决于观看者的眼睛。无论大小，动物只不过是接受上天赋予的一切，然后尽力生存下去。然而，在欣赏塞伦盖蒂的象群的同时很难不去猜想，它们是不是在象牙偷猎者和养牛人的压力之下才被驱赶到这座公园里来的。要抛开这种后现代的语境，缩小你的视野，调整双筒望远镜对准小动物会是个好办法。

在繁殖季节，雄性长尾巧织雀会长出宽大的黑色尾巴，长度几乎是身长的三倍——当它落到灌木上的时候，不得不把尾巴披在几根树枝上，若想再次腾空而起，双翼就得使出九牛二虎之力。织布鸟是非洲特有的奇妙鸟类，外表艳丽，它们把复杂的球形鸟巢挂在细长的树枝上，有时还会建造假的入口来迷惑捕食者。看着一只橙黄相间的织布鸟叼着一片草回巢，灵巧地编织进别的草叶中，就好像进入了另一个世界，哪怕那里的外围边界只不过咫尺之遥。垂耳歌百灵——我把它选为名字最棒的东非鸟类——在繁殖季节之外难得一见，而到了繁殖季，雄鸟会冲上高空，在空中盘旋，奋力拍打翅膀，声音听上去就像在洗牌。振翅的声音一刻不停，你就仿佛也跟着它一起悬在了空中，它之后降落的那一块地面也因此变得特殊，那是属于这一只垂耳歌百灵的领地。

你不一定要去东非度假。你应该做你想做的事。但如果你真的去了那里，有一个办法能保证你没有白去，那就是带一副好的双筒望远镜。我那趟旅途见到的最美丽动人的东西，是一对亨氏扇尾莺。扇尾莺科都是些最平平无奇的浅棕色小鸟，除非你听见它们鸣叫，否则几乎不可能分辨许多种类之间的区别：就是因为此类难以辨认的鸟，观鸟活动才招致骂名。然而我看到的那对鸟——用双筒望远镜看得一清二楚——肩并肩栖息在一根相思树树枝上，望着相反的方向，大张着嘴，吟唱着对位法二重唱。两种旋律，一对伴侣，歌唱着它们的二鸟世界。有那么一刻，它们的歌声和脚下的树枝就是一切，因为它们是那样地小。

地球尽头的尽头

两年前，印第安纳州的一位律师给我寄了张七万八千美元的支票。这笔钱来自我姑父沃尔特，他六个月前去世了。我从来没想过沃尔特会给我钱，更别提指着这笔钱用了。因此我觉得，为了纪念沃尔特，我应该把这笔遗产用在特别的地方。

正巧，我那位相处多年的女友，一个土生土长的加州人，答应和我去度个长假。她母亲已经九十四岁高龄，而且短期记忆力下降，为了照顾她，她不得不搬回圣克鲁斯定居。为了感激我的体谅，她脑子一热告诉我：“我愿意跟你一起去旅行，去世界上任何你一直想去的地方。”对此我的回答是（具体原因我也解释不清）：“南极洲？”她瞪大了双眼。我本应更仔细地观察她的反应，但一言既出，驷马难追。

为了让这位习惯了温暖气候的加州人更容易接受南极洲，

我决定用沃尔特的钱预订最豪华的行程——为期三周的“《国家地理》杂志林德布拉德邮轮”探险之旅，前往南极洲、南乔治亚岛和马尔维纳斯群岛。我付了定金之后，只要我和加州女友聊起这个话题，总是会不自在地开玩笑，说起那里冷得要命的天气和南极海域汹涌的波涛，这些都是她自愿承受的。我不断安慰她说，一看到企鹅，她一定会觉得不虚此行。但到了支付尾款的时候，她却问我们能不能推迟一年再去。她母亲的状况不太稳定，她不想离家太远，万一有事来不及赶回去。

到了这个地步，我自己也略微有点不想去了，完全想不起当初为什么要提议去南极。“在它融化前去看一眼”这种想法，未免太令人沮丧且自相矛盾：为什么不干脆等它融化，让它自己从旅行目的地清单中消失算了？这片“第七大陆”过于遥远，开销昂贵，普通旅行者难以涉足，它这种勋章般的地位也让我不以为然。诚然，南极能看到很多非凡的鸟类，除了企鹅，还有像白鞘嘴鸥和在全世界最南端繁殖的鸣禽南极鹨这样的奇特物种。但南极的鸟种总数相当少，而且我也已经接受无法看尽世上所有鸟类的事实。我能想到的去南极洲的最好理由,是“我和加州女友绝不会做这种事”。我俩早就明白，我们最理想的度假时间就是三天。我觉得如果我和她在海上共度三周，完全无处可逃，我们或许能发现自身的全新潜能。我们会一起做一件余生中本应一起做，但一直还没有做的事。

于是我同意推迟一年，自己也搬到了圣克鲁斯。后来加州女友的母亲摔了一跤，情况不容乐观，她更不放心让母亲一个人待着了。事已至此，我终于意识到我不应该再给她的生活添麻烦，便告诉她不用陪我去南极了。幸运的是，我的二哥汤姆刚刚退休，他是世上另一个我能想象与其在小船舱里共度三周的人，可以顶替我的女友。我把预订的大床房改成了双床房，还订购了保暖橡胶靴和一本图文并茂的南极野生动物指南。

但即便这样，随着出发日期的临近，我还是没有勇气开口承认自己要去南极了。我一直说的都是“看样子我是真的要去南极了”。汤姆说他很激动，但我却越来越感到不真实，也越来越没有那种期待的兴奋劲儿。或许是因为南极让我联想到死亡——全球变暖正让南极的生态面临死亡威胁，而我自己终将一死也意味着去得太晚就看不到南极了。但我开始分外珍惜和加州女友日常的生活节奏——早晨看见她的脸庞，晚上听见她探望母亲回来开车库门的声音。打包行李时，我感觉自己完全是因为钱都花了，才不得不去这一趟。

一九七六年八月，圣路易斯，一个凉爽的傍晚，我和父母在露台上吃晚饭。母亲起身去厨房接电话，很快叫我父亲去听。“是伊尔玛。”她说。伊尔玛是我姑姑，她和沃尔特住在特拉华州的多佛市。一定是发生了什么可怕的事，因为我记得我也去了厨房，站在母亲身边。父亲打断了伊尔玛说的话，好像在生气似的，冲电话里大吼道：“伊尔玛，我的上帝啊，她死了吗？”

沃尔特和伊尔玛是我的教父教母，但我和他们并不熟。我母亲受不了伊尔玛——她坚称伊尔玛被她父母宠得太厉害，我父亲因此受了亏待。沃尔特是一名退役空军上校，后来当了高中辅导员，虽然他感觉上比伊尔玛可亲得多，但我对他的了解主要来自他自费出版的一本高尔夫球箴言录，《博大精深的高尔夫球》（*Eclectic Golf*）。他送了我们一本，我也读完了，但这完全是因为我什么书都读。我见得比较多的人，是沃尔特和伊尔玛的独生女盖尔。她是个高挑靓丽、热爱冒险的年轻姑娘，在密苏里州上大学期间经常过来看望我们。她前一年刚刚毕业，在弗吉尼亚州的殖民地威廉斯堡找到了一份银匠学徒的活计。伊尔玛打电话是来告诉我们，去俄亥俄州听一场摇滚音乐会的路上，盖尔在大雨中独自开了一夜的车，她的车在西弗吉尼亚一条狭窄多弯的公路上失去了控制。那几个字伊尔玛显然说不出口，但我们知道，盖尔死了。

我当时十六岁，已经懂得死亡是什么。然而，或许是因为父母没有带我去出席葬礼，我并没有为盖尔哭泣或者悲伤。相反，我有种感觉，觉得她的死以某种方式进入了我的头脑——仿佛我对她的记忆网络被什么可怕的针头烧坏了，如今形成了一片虚无的空间，一片充满本质上的残酷真相的空间。这片空间太过险恶，头脑清醒时人绝不会进入，但我能感觉到它在那里，就在一条心理警戒线之后，那就是我可爱的表姐再也无法起死回生。

意外发生一年半之后，我在宾夕法尼亚州读大一时，母亲有天转告我，伊尔玛和沃尔特邀请我去多佛过周末。母亲严词要求我必须去。在我的想象中，多佛的房子正是我脑中那充满残酷真相的空间的现实化身。我惴惴不安地前往，那栋房子果真一步步证实了我的担忧。它像一座官邸般井然有序，干净整洁得令人窒息。垂到地板上的窗帘挺括有力，每道褶皱都一丝不苟，仿佛在告诉人们，盖尔的一呼一吸、一举一动都无法打乱它们分毫。姑姑的头发已经全白了，看上去像窗帘一样硬挺。深红色的唇膏和厚重的眼线把她的脸衬得更白了。

我这才得知，只有我父母管伊尔玛叫伊尔玛，其他人都叫她弗兰，她娘家姓的缩写。我原本害怕会出现哭天喊地的场面，但弗兰用她那紧绷而聒噪的嗓音，一刻不停地和我说话，几分钟、几小时就这么过去了。她谈到这栋房子的装潢、她和特拉华州州长的私交、我们国家的发展方向，这些都和我们的日常感受相距甚远，听着无聊至极。没多久，她又用同样的语气聊起了盖尔：盖尔的性格本质、盖尔的艺术天分、盖尔高度理想化的未来计划。我基本没说话，沃尔特也是。我姑姑的喋喋不休令人难以忍受，但我或许已经明白了，她居住的那片空间本身就是令人难以忍受的，而高谈阔论这种虚无的话题，一刻不停地说，可能是在此生存的秘诀。的确，拜访她的人也因此得以幸存。简而言之，我觉得弗兰已经因为这场变故神志不清。那个周末，我唯一得以离开她而获得一丝喘息的机会，是沃尔特开车带我去游览多佛，参观那里的空军基地。沃尔特是斯洛文尼亚裔，又瘦又高，鹰钩鼻，发际线已经退到了耳朵后面。他的绰号是“秃子”。

我上大学期间又去看了他和弗兰两次，他们还来参加了我的毕业典礼和婚礼。之后的很多年，除了寄寄生日卡片，以及听我母亲讲述（语气中透露着她对弗兰的厌烦）她和父亲纯粹出于义务，去佛罗里达州的博因顿海滩看望他们的经过，我和他们几乎没有来往。弗兰和沃尔特搬到了那里，住进了一个环绕高尔夫球场的公寓楼群。但在父亲去世后，母亲的癌症已经难以挽救之时，发生了一件奇事：沃尔特迷上了我母亲。

这时的弗兰已经因阿尔兹海默症精神错乱，住进了养老院。由于我父亲生前也患有阿尔兹海默症，沃尔特便打电话给我母亲，寻求建议的同时也渴望得到同情。据我母亲说，沃尔特后来自己去了一趟圣路易斯，他们二人发现，这是他们首次独处，却发掘出彼此之间如此多的共同点——他们都是热爱生活的乐天派，都和一个顽固而阴郁的弗兰岑家人结婚多年。他俩就此坠入一段目眩神迷、其乐融融的关系，爱意随之萌发。沃尔特带她去市中心她最爱的餐厅，之后他开着她的车，却把一块挡泥板蹭到了停车场的墙上。略带醉意的二人傻笑着，约定平摊修车费用，不许告诉任何人。（沃尔特后来还是告诉了我。）在他这次到访后不久，我母亲的病情加重，她前往西雅图，在我二哥汤姆家里度过最后的时光。但沃尔特计划去西雅图看她，延续二人初燃的爱火。在对彼此的感情上，他依然向前展望未来，而她则苦乐参半，为自知已经错失的机会伤感不已。

是母亲打开了我的双眼，让我看清沃尔特是个多么值得珍视的人；是沃尔特在我母亲突然离世后，因未能再见她一面而心生的失望与悲伤，开启了我和他的友谊之门。他需要有人知道，他已经爱上了她，以及那种爱的意外之喜；他也需要有人理解，失去她是何等的切肤之痛。因为我自己在母亲的最后几年中同样意外地体验到了对她突如其来的钦慕与爱意，也因为我拥有大把时间——没有子女，离了婚，工作不稳定，如今双亲也都不在了——于是我成了沃尔特倾诉的对象。

母亲去世后几个月，我第一次去看他，我俩做了些在南佛罗里达必须要做的事：在他的公寓楼群打九洞高尔夫，和他两位九十多岁的朋友在德拉海滩打了两局盘式桥牌，还去了我姑姑住的养老院看望她。我们看见她躺在床上，像胎儿一样紧紧缩成一团。沃尔特温柔地喂她吃了一盘冰淇淋和一盘布丁。当护士进来更换她髋部的创可贴时，弗兰突然哭了起来，她的脸像婴儿一样扭曲着，哭喊着说，疼啊，好疼啊，太可怕了，没天理啊。

我们把她交给护士，回到了沃尔特的公寓。弗兰当年的那些精品家具，很多都搬到了多佛，但如今独身的沃尔特把杂志和麦片盒子扔得到处都是，冲淡了那种令人绝望的压抑感。沃尔特情绪平静地跟我说起盖尔的故去，以及如何处理她的旧物的问题。我愿意要几张她的画吗？我想不想要他送给她的宾得单反相机？那些画看上去像是学校的作业，我也不需要相机，但我感觉沃尔特实在不忍心把这些东西轻易地捐给慈善机构，他想找个办法解除这个重负。于是我说我很乐意收下它们。

到了智利的圣地亚哥，在我们搭乘包机飞往阿根廷最南端的前一晚，我和汤姆参加了林德布拉德邮轮在丽思卡尔顿酒店宴会厅举办的欢迎晚会。我们的邮轮，“《国家地理》杂志猎户座号”，客舱价格是两万两千美金起，最高价位接近这个数的两倍，所以我预先设想的同行旅伴都是有钱有势的自然爱好者——皮肤粗糙的退休人士，有个花瓶配偶相伴，在避税天堂安家置业，还可能有一两张脸我在电视上看见过。不过我完全想错了。原来那一类客户配有专门的游艇，而宴会厅里的那群人并没有我预想的那样光鲜亮丽，也没有那么多八旬老人。我们一百多人中，有很多是医生或者律师，我只看到一个男人穿着高腰长裤。

除了晕船和打鼾吵到我哥之外，我对这趟旅行的第三大担忧，是我没法全心全意投入到寻找南极特有鸟种的工作中。林德布拉德的一位工作人员（一个澳大利亚人，他的行李被航空公司弄丢了）负责接待我们，并回答乘客的一些问题。我举手说我喜欢观鸟，问现场有没有同好。我盼望着能组建一个坚强的后援团，但只看到两个人举手。那个澳大利亚人对之前的提问都会夸一句“好问题”，却没有称赞我的。他含糊地说，船上会有懂鸟的工作人员。

很快我就得知，举手的人是船上仅有的两个没付全额船费的乘客。这对五十来岁的夫妻，克里斯和艾达，是来自加州沙斯塔山的环保主义者。艾达有个姐妹在林德布拉德邮轮工作，由于出发前十天有人取消订单，他们得到了一间优惠力度超大的特等舱。这更让我觉得和他们投缘。虽然我付得起全额船费，但我一个人去的话，是不会选择林德布拉德这类邮轮的。我这么做，是为了不让加州女友在南极过得太辛苦，这会儿却觉得自己像一个意外踏上豪华之旅的游客。

第二天，在阿根廷乌斯怀亚机场，我和汤姆几乎排在护照检查长队的末尾。离开家门之前，我听从林德布拉德的紧急通知，支付了阿根廷向美国游客征收的“互惠费”，但汤姆三年前来过阿根廷，阿根廷政府网站没有让他再次缴费，他便把“无法缴费”的提示打印出来带着，心想有了这份证明，加上护照上阿根廷的海关印章，应该能让他通关。但这次他没能入境。我们邮轮上的其他乘客都已登上大巴车，准备去乘坐双体船，开启水上午餐之旅，而我俩还站在那里苦苦哀求入境事务员放行。半小时过去了。又二十分钟过去了。林德布拉德的工作人员都快急疯了。终于，汤姆好像可以再交一次费了，我连忙跑到外面，跳上一辆大巴，冲进怒目而视的人堆里。旅行甚至都还没开始，我和汤姆就已经成了问题乘客。

登上“猎户座号”后，我们的探险团团长道格把大家召集到船上的休息室，热情洋溢地欢迎了我们。道格身材魁梧，胡子花白，曾经是一名剧场设计师。“我*爱死*这趟旅行了！”他对着麦克风说道，“这是最棒的公司组织的最棒的旅行，前往世界上最棒的目的地。我和你们一样激动。”他很快又说，这趟旅行不是什么海上邮轮巡游，而是探险。他想让我们知道，像他这样的探险队长，假如和船长发现了合适的机会，就会把原来的计划撕成两半，扔出窗外，动身去追逐伟大的冒险。

道格继续说，一路上会有两名工作人员给大家上摄影课，也会给想要提高摄影技术的乘客进行一对一指导。另有两名员工会尽其可能地潜水，为我们提供更多照片。而那个弄丢行李的澳大利亚人的新款无人机还在，上面装有高清摄影机，他花了九个月才得到在我们旅程中使用的许可。无人机同样也会拍摄照片。此外还有一位全职摄像师，会把影片做成 DVD，旅行结束时可供我们购买。我觉得，休息室里的其他人都比我更清楚来南极的意义。很明显，意义就是带一堆照片回家。《国家地理》杂志这块招牌让我原本期待这会是一场科学之旅，但看来我应该满脑子都是拍照才对。我越来越感觉自己是个问题乘客了。

接下来的几天，我学会了在林德布拉德邮轮上跟人打招呼的标准问句：“这是你第一次坐林德布拉德吗？”或者是“你以前坐过林德布拉德吗？”这种措辞让我很不自在，好像“林德布拉德”这东西隐隐有些宗教色彩，而且价格不菲。晚上在休息室里，道格通常用一个问句开始他的今日总结：“大家今天过得怎么样？是很棒还是特别棒？”然后等着现场发出欢呼。他再三强调我们这次能平安通过德雷克海峡，实在是相当幸运，这让我们有足够时间坐着“黄道带”小船登上南极半岛附近的巴里恩托斯岛。这次登陆非常难得，不是每一支林德布拉德的探险队都会做。

巴里恩托斯岛上的巴布亚企鹅和南极企鹅的筑巢季已接近尾声。有些幼鸟已经长好羽毛，跟着父母回到了海里，那里是企鹅偏爱的环境，也是它们唯一的食物来源。但仍有数以千计的鸟儿留在了岛上。毛茸茸的灰色幼鸟追逐着任何看上去像它们父母的成年企鹅，巴望着得到一顿反刍的食物。或者为了保命而聚集在一起躲避贼鸥，贼鸥长得像海鸥，喜欢捕食失去父母和发育不良的幼鸟。许多成年企鹅已经躲到山上去换羽，这个过程长达数周，期间要一动不动地站着，忍受瘙痒和饥饿，直到新的羽毛挤掉旧的羽毛。它们的耐心和沉默的忍耐，让人类无法不感到钦佩。尽管鸟群里到处都是泛着硝酸味的鸟粪，看到难逃一劫的幼鸟也令人于心不忍，我还是很高兴走了这一趟。

我和汤姆都在脖子上贴了晕车贴，这消除了我最担心的头两件事。有了晕车贴，加上海面风平浪静，我没有晕船；我们用定时收音机大声播放掩盖鼾声的噪音，汤姆每晚都能沉睡十个小时。然而我第三担心的事还是发生了。我、克里斯和艾达在观景甲板上观鸟时，从未有任何林德布拉德的自然学家加入进来。“猎户座号”上的图书室里，甚至连一本像样的南极野生生物野外指南都没有。倒是有十几本有关南极探险家，尤其是欧内斯特·沙克尔顿[①]的书——他在船上受膜拜的程度几乎与林德布拉德之旅本身相当。林德布拉德发给我的橙色防寒大衣的左袖上缝着一枚带有沙克尔顿肖像的臂章，以纪念他从象岛出发的史诗般的敞船远航一百周年。公司发给我们每人一本讲述沙克尔顿的书，安排了关于沙克尔顿的幻灯片讲座，特地带我们参观了与沙克尔顿相关的地点，放映了重现沙克尔顿远航的长片，还徒步走了三英里沙克尔顿当年走过、最终幸存下来的艰险之路。（旅行的后段，在摄像师的凝视下，我们所有人都被带到沙克尔顿的墓前，公司递给每人一杯爱尔兰威士忌，邀请大家敬他一杯。）这一举动似乎是在说，我们，林德布拉德上的每个人，都有沙克尔顿之风。如果你在“猎户座号”上体会不到英雄气概，那你离孤家寡人就不远了。我很庆幸自己至少有两个同伴，可以一起研读带来的野生动物指南，对鸽锯鹱（一种小型海鸟）的野外标记冥想苦想，努力辨认一种飞得很快的巨型海燕特有的鸟喙颜色。

我们驶向南极半岛途中，道格开始用“可能会有大好消息”

① 欧内斯特·沙克尔顿（Ernest Shackleton，1874—1922），英国南极探险家。

来吊我们胃口。最后，他把大家召集到休息室，透露了那个已经成真的好消息：由于风向有利，他和船长已经把之前的计划作废了。我们碰上了横穿南极圈下方的天赐良机，此时船正开足马力向南航行。

到达南极圈前一晚，道格提醒我们，在船穿越“洋红色线”（他在开玩笑）的时候，他可能会一大早用对讲机叫醒那些想亲眼看看那条线的乘客。他真的在六点半的时候叫醒了我们，又讲了个关于洋红线的笑话。眼看船越来越逼近那条线，道格夸张地从五开始倒数。随后他恭喜了“船上的各位”，我和汤姆就回去睡觉了。后来我们才知道，“猎户座号”早在六点半之前很久就抵达南极圈了——当时还没人敢叫醒这些百万富翁，天色也太暗，没法拍照。克里斯其实天亮前就醒了，一直在他客舱的电视屏幕上追踪船的坐标。他看着船减速，改变航向朝西行驶，接着来了个九十度转弯，朝正北方疾行，以争取时间。

虽然道格给人的感觉是一位善于制造幻觉的经理人，给一个有点邪教色彩的品牌卖命，但我还是同情他的。这是他担任林德布拉德探险队长的第一季，工作接近尾声，他显然已经筋疲力尽，但还得帮顾客完成这趟终生难忘的旅行，压力非常大。这批游客毕竟不是大富翁，还是会期望物有所值。就我所知，道格也是船上除我以外唯一认真的观鸟者，会把看到过的鸟种记到清单上。他早已不再列清单了，但有天晚上回顾一日见闻时，他讲起了他第一次去南乔治亚岛，拼命想找到一只鹨却未能如愿的趣事。要不是他疯狂地迎合整船拍照狂的需求，我还挺想多了解了解他的。

不得不说，南极洲没有辜负道格的卖力工作。我此前从未有过这种体验：眼前的美景如此耀眼夺目，让我应接不暇，无法想象我真的置身于这如梦似幻的一切中。一趟起初就让我觉得不真实的旅行，把我带到了一个同样不真实的地方，不过是以一种更好的方式。全球变暖可能正危及南极大陆西侧的冰层，但南极洲离融化还很遥远。勒梅尔海峡两岸是尖尖的黑色山峰，极为高耸，但还没有高到除雪以外没有任何东西覆盖的程度：它们被埋在风吹成的雪堆里，一直堆到山顶，只有近乎垂直的峭壁上的石头露在外面。背风处的水面像镜子一样，灰沉沉的天空下，水面是绝对、纯粹的黑色，宛如外太空。在无尽的黑白灰单色调中，是冰川刺眼的蓝色。无论那蓝色是深是浅——我们船后面浮浮沉沉的小冰山的一抹淡蓝；有拱门、有房间的冰堡浓烈的深蓝；崩裂的冰川泡沫塑料般的浅蓝——都使我无法相信，我的双眼看到的是大自然的颜色。一次又一次，我几乎因难以置信而笑出来。伊曼努尔·康德将崇高与恐惧联系在一起，但我自己在南极体验到的崇高——在一艘装有玻璃与黄铜打造的电梯、供应顶级浓缩咖啡的船上，从它那安全的绝佳观景位置感受到的崇高——更像是美与荒谬的混合体。

“猎户座号”在镜子一般怪异的海面上继续航行。陆地上、冰川上、水面上，到处都不见人造物的踪影。没有建筑物或其他船只，船头的观景甲板上，“猎户座号”的引擎也寂然无声。我和克里斯与艾达站在船头的寂静中，四下寻找着海燕，我感觉我们仿佛在这世界上孑然一身，正被某种难以抗拒的无形湍流往前拉，奔向世界的尽头，如同《纳尼亚传奇》（*Narnia*）里的“黎明踏浪号”上的情形。但当我们驶入一片浮冰区，逐渐被浮冰包围时，拍照的时候就到了。一艘“黄道带”小船隆隆地开动了，那个澳大利亚人的无人机也飞入空中。

当天晚些时候，我们到达了拉勒芒峡湾，接近我们此行的最南端，道格这时宣布了另一项“行动”。船长会驾船冲进峡湾入口处的巨大冰原，然后我们可以选择在那里划海洋皮艇，或者到冰上走一走。我心里清楚，峡湾是我们看到帝企鹅的最后希望：此行有可能看到其他七种企鹅，但帝企鹅很少会在南极圈以北出没。其他乘客匆匆赶回各自房间，穿上救生衣和探险靴，而我则在观景甲板上架起了望远镜。我扫视着这片冰原，食蟹海豹和小巧的阿德利企鹅散布各处。很快我就瞥到了一只不太常见的鸟。它的耳朵后面似乎有一块色斑，胸前是一抹黄色。是帝企鹅吗？望远镜放大后的图像模糊不清，鸟儿身体的大部分都藏在一座小冰山后面，不是船在漂就是冰山在动。还没等我看清楚，冰山就把鸟完全遮住了。

现在怎么办？帝企鹅可能是世界上最大的鸟。它身高达四英尺，电影《帝企鹅日记》（*March of the Penguins*）里的主角就是它。在南极的冬季，它们会在远离海洋一百英里的地方孵蛋。公企鹅挤在一起取暖，母企鹅摇摇晃晃地走着，或者肚皮贴地滑行，到无冰的水面上觅食，每一只帝企鹅都像沙克尔顿一样英勇无畏。但我瞥见的那只企鹅至少也在半英里之外，而我深知自己是个问题乘客，已经造成过一次长时间的延误了。我也知道，自己以前认错鸟的次数可不少，随便把望远镜对准冰山，就马上看到这一路最想看到的鸟，这能有多大概率？我不觉得是我凭空捏造了那一抹黄色和那块色斑，但有时候，观鸟人的眼睛只会看到他们想看到的东西。

经历了一个存在主义式的时刻，意识到我要决定自己的命运之后，我跑到船桥甲板上，发现了我最喜欢的那位自然学家船员，他正急匆匆赶往道格安排的活动。我一把抓住他的衣袖，说我好像看见了一只帝企鹅。

“帝企鹅？你确定吗？”

“我有九成把握。”

“我们去看看。”他说着，一边挣脱了我的手。

他的口气不像是认真的，于是我跑到克里斯和艾达的房间门口一阵猛敲，跟他们说了我的发现。感谢上帝，他们相信了我的话。他俩脱下救生衣，跟着我回到了观景甲板上。倒霉的是，这会儿我已经找不到帝企鹅的踪影了——周围的小冰山太多了。我又下到船桥上，另一个荷兰女工作人员给了我一个更令人满意的回应：“帝企鹅！这是个重要的鸟种，我们得马上告诉船长。”

格拉泽船长是德国人，身材瘦削，精力充沛，年纪可能比他看上去要大。他想知道那只帝企鹅的确切位置。我朝着我最有把握的方向指了指，随后他用无线电联系上了道格，告诉他我们得移动一下船。我听见道格在那头大发雷霆。他的“行动”还在进行中呢！但船长命令他先暂停。

船开动了，而我在想万一是我看错了，道格该有多么恼火。这时我又看见了那座小冰山。克里斯、艾达和我站在栏杆边，从双筒望远镜里观察它。但冰山后面现在什么也没有了，至少在船停下、调转方向前，我们什么也没看到。无线电在不耐烦地尖叫。船长把船驶入冰原后，克里斯发现一只鸟飞快地潜入水中，很有可能就是它。但随后，艾达觉得自己看见它又扑腾回了冰上。克里斯把望远镜对准那只鸟，看了很久，然后面无表情地转身面向我。“我同意。”他说。

我们击掌相庆。我叫来了格拉泽船长，他朝望远镜里看了一眼，发出了一阵欢呼。“对，对，”他说，“是帝企鹅！是帝企鹅！如我所愿！”他说他之所以相信我的话，是因为在之前的一次航行中，他曾在同一个区域看到过一只落单的帝企鹅。他又欢呼了几声，跳起了吉格舞，如假包换的吉格舞，接着赶忙登上“黄道带”小船，想去近处看个究竟。

他之前看到的那只帝企鹅特别友好，或者说好奇心旺盛。我这次好像发现的是同一只，因为船长刚一走近它，我们就看见它肚皮朝下趴着，兴冲冲地朝他滑行过去。道格在对讲机里宣布，船长有了一个激动人心的大发现，原先的计划有变。已经在冰面上徒步的游客改朝帝企鹅的方向走去，其余的人则纷纷挤上了“黄道带”小船。等我赶到现场时，三十位身穿橘色外套的摄影师或站或跪，正把镜头对准这只高大英俊、近在咫尺的帝企鹅。

我早已暗中下定一个不合群的决心，此次旅行一张照片也不拍。此刻的这个画面如此令人难忘，根本不需要用相机记录它：这只帝企鹅似乎正在召开新闻发布会。一群阿德利企鹅从它身后冒出来，像后勤人员一般在旁观察，而帝企鹅则以一种不怒自威的姿态面对记者团。过了一会，它悠闲地伸了伸脖子。它用一只脚在耳后挠了挠，单靠另一只脚站得笔直，完美的平衡性与灵活性一览无余，却没有半点炫耀的意味。随后，仿佛为了强调在我们面前是多么自在，它睡着了。

在随后晚间的每日回顾时，格拉泽船长对观鸟人热情地致以感谢。他在餐厅专门为我们安排了一桌，酒水免费，桌上的一张卡片上写着“帝王”。船上的侍者大多是菲律宾人，他们平时称呼汤姆为“汤姆先生”，称我为“乔先生”，这让我感觉自己像是约翰·法斯塔夫[①]。但那天晚上，我真有一种当了皇帝的感觉。整整一天中，甚至我未曾谋面的乘客都会在走廊里拦住我，为我发现帝企鹅致谢或欢呼。我终于有些体会到，高中运

① 约翰·法斯塔夫爵士（Sir John Falstaff），莎士比亚戏剧《亨利四世》《温莎的风流娘儿们》中的人物。

动员在达阵得分挽救赛季之后回到学校时是什么感觉了。四十年来，我早已习惯成为大型社交团体中的问题人物。如今变成集体中建功立业的英雄，哪怕只有一天，也是种让我迷失方向的全新体验。我不禁想，我一生中一直拒绝融入群体，是否错过了某些基本的人生经历。

我那位空军老兵姑父，如今和其他军士一起葬在阿灵顿国家公墓，他一生都积极融入群体。沃尔特始终对家乡奇泽姆饱含深情，那是一座明尼苏达州铁矿带上的城市，他就在那里长大，从小家境并不富裕。他大学时是曲棍球运动员，二战期间成了轰炸机飞行员，在北非和南亚执行过三十五次飞行任务。他还自学钢琴，任何标准曲目，他听过就会弹。他兼收并蓄各种风格，形成了自己的高尔夫挥杆技术。他写过两本回忆录，专门讲述他一生中结交的众多挚友。他也是一名自由派民主党员，娶了一位严厉的共和党员。他几乎和任何人都能聊得很开心，我能想象，母亲也可以想象到的是，假如她当年不是和我父亲，而是和沃尔特这样的好人在一起，日子该是多么自由和快乐。

有天晚上，在南佛罗里达公寓楼的餐厅里，几杯鸡尾酒下肚，沃尔特不仅讲了他和我母亲的故事，还有他和弗兰与盖尔的往事。他说，从战场上退下来之后，在和弗兰在各个海外基地度过了多年的军官生活后，他终于意识到和她结婚是一个错误。不仅仅是因为她被父母宠坏了，还在于她一心想提升社会地位，嫌恶并否认自己出身于明尼苏达的穷乡僻壤。而他热爱自己的故乡，并以此为傲。他无法忍受她。“我太软弱，”他说，“我早就应该离开她，但我太软弱了。”

弗兰三十五岁左右的时候，他们有了唯一的孩子。弗兰很快就一门心思扑在了盖尔身上，对与沃尔特的性生活非常排斥，他不得不去别处另寻慰藉。“我有过别的女人，”他告诉我，“我出轨过。但我总是会说清楚，我是个顾家的人，不会离开弗兰。我和朋友们每到星期天都会装一大堆酒，开车去巴尔的摩看强尼·尤尼塔斯①和小马队的比赛。”在家里，弗兰对盖尔的关注越来越无孔不入，从外表到功课，再到她的艺术项目，似乎她整天想的说的全都是盖尔。四年的大学生活带来了一丝喘息，但盖尔刚一回到东海岸，去威廉斯堡上班后，弗兰对她女儿生活的干涉就变本加厉了。

沃尔特看出了事态的严重性：盖尔要被她母亲逼疯了，却不知道如何逃离。一九七六年八月初，孤注一掷的沃尔特做了他唯一能做的事。他告诉弗兰，除非她减少对女儿的控制，否则他就搬回明尼苏达，回到他深爱的奇泽姆，不会再和她一起生活，也无法维持这段婚姻。然后他收拾好行李，开车去了明尼苏达。十天之后，当盖尔在恶劣的天气中出发，连夜驱车横

① 强尼·尤尼塔斯（Johnny Unitas，1933—2002），美国美式足球运动员，曾为巴尔的摩小马队（Baltimore Colts）效力。

穿西弗吉尼亚时，他人就在奇泽姆。他说盖尔当时已经知道他和她母亲分手了。他亲口告诉她的。

沃尔特讲到这里就打住了，我们聊起了别的话题——他想在公寓楼群的住户里找一个女朋友，如今我的母亲已经去世，弗兰在养老院，他自觉这么做问心无愧。他担心自己太像个乡下人，不修边幅，楼里那些时髦的寡妇会看不上他。我在想，他之所以略过了故事的结尾，是否因为那是不言自明的：西弗吉尼亚的那场意外，和他逃回明尼苏达脱不了干系；弗兰失去了世界上唯一牵挂的人，永远无法摆脱对死去女儿的追念，承受着莫大的痛苦。在这一切发生之后，他已别无选择，只能回到弗兰的身边，从此一心一意照顾她。

在我眼中，盖尔的死不仅仅是俗话常说的“悲剧”。它带有戏剧性悲剧的反讽与必然性，沃尔特二十多年来对弗兰的言听计从加剧了这种悲剧性，唯有他对她的温柔体贴带来了一抹亮色。他确实是个好人。他有一颗充满爱意的心，并把它献给了他病重的妻子，而打动我的不仅是这出悲剧，还有这个处于悲剧中心的男人的平凡人性。同时我也感到震惊。在我父亲一家的道德僵化与瑞典式的冷漠中，有这样一个好人，他有过外遇，和死党开车去巴尔的摩，最终毅然接受他的命运，这都发生在我眼皮底下，我这一生竟浑然不知。我想知道，我的母亲是否在他身上看到了我如今看到的一切，她是否和我一样因此而爱他？

第二天下午，沃尔特的朋友埃德打来电话，让沃尔特带上车用跨接电线去他家。我们到了那里，只见埃德站在街上，身旁是一辆巨大的美国车。埃德看起来像是快死了——皮肤黄得吓人，身子晃得站不稳。他说他病了有一个月，现在感觉好多了。但当沃尔特把跨接电线连到埃德的车上，让他发动引擎时，埃德却说他连转动车钥匙的力气都没有了。（然而他一直想开车。）于是我钻进埃德的车。我一转动钥匙，就知道这车的问题比电瓶没电还严重。埃德的车完全没有反应，我也如实说了。但沃尔特对电线的连接方式有意见，他把自己的车往后倒，电线被他一拖，钩到了人行道上。我还没来得及阻止他，他已经把电线的夹子都扯下来了，而我倒成了他的出气筒。我努力用螺丝刀把夹子装回去，但他不满意我的操作，试图把螺丝刀从我手里夺走，对我又吼又叫。"该死的，乔纳森！该死！那样不对！给我！该死的！"埃德坐在副驾驶座上，已经瘫倒在一边，身子不住地往下滑。沃尔特和我争夺着螺丝刀，我死活不放手——他也把我惹毛了。等我们冷静下来，我把电线修到他满意了，我又转了转埃德那辆车的钥匙。车还是毫无反应。

去了第一次之后，我尽量每年都去佛罗里达看望沃尔特，每隔几个月给他打个电话。他最后真的找到了个不错的女朋友。即使他的听力越来越差，头脑也开始有点迷糊，我还是可以维持和他的对话。我们仍然有真情流露的时刻，比如有次他告诉我，如果有一天我把他的故事讲出来，这对他会是多么重要，我答应他我会的。但在我看来，我们之间似乎从来没有像他因为跨接电线冲我大吼那天一样亲密。那吼声有着某种神秘的含义。他似乎忘记了——或许是看到埃德和他的车都来日无多，或许是对我母亲的爱折射到了我身上，使得他忘记了——我和他并没有真正的交集，忘记了我们这辈子相处的时间加在一起都不超过一周。他对我大吼的样子，就像是父亲对儿子大吼一样。

加州女友对南极天气的畏惧是合理的，这里比我跟她描述的还要冷。不过我关于企鹅的说法也没错。南极半岛的企鹅数量令人印象深刻，等“猎户座号”的航线带我们继续向北，再一路东进到南乔治亚岛，那里的企鹅数量更是惊人。南乔治亚岛是王企鹅的主要繁殖地，这种鸟类和帝企鹅差不多高，羽毛却甚至比帝企鹅更加耀眼夺目。在野外看到王企鹅，对于我来说不仅使得此次旅程不虚此行，似乎作为出生在这个星球上的理由都已经足够。诚然，我喜欢鸟类，但我相信，若是一个来自其他星球的访客同时看到一只王企鹅和一个最完美的人类标本，在眼睛不被性吸引力蒙蔽的情况下，也会宣称企鹅显然是更美丽的物种。不仅是假设中的外星人，每个人都爱企鹅。它们姿态挺拔，随时可以肚皮贴地趴下；它们会挥动着手臂一样的鳍状肢；它们迈着小小的步伐走路，或者用肉乎乎的双脚大胆奔跑。包括类人猿在内，没有任何其他动物比它们更像人类的小孩。

在偏远的海岸线上进化而来的南极企鹅，也是罕见的完全不怕人的动物。我坐在地上时，王企鹅会走到离我非常近的地方，我甚至都能抚摸到它们闪亮如皮毛般的羽毛。它们全身的羽毛图案之清晰，色彩之瑰丽，你通常只有在嗑药时才能体验到。巴布亚企鹅和南极企鹅的群落并不是适合坐下的地方，因为排泄物太多。但正如林德布拉德的一位自然学家所说，王企鹅比较爱干净。在南乔治亚岛上的圣安德鲁斯湾，五十万只成年王企鹅和毛茸茸的幼鸟摩肩接踵，而我只闻到了海洋和高山的气息。

虽然每种企鹅各有其魅力——马卡罗尼企鹅有着华丽摇滚风格的头饰，跳岩企鹅会并起双脚，迈着小步耐心地在陡坡跳上跳下——但我的最爱还是王企鹅。它们既有无与伦比的美感，也不乏玩耍的孩童般专注的社交能量。一群王企鹅从水中跃向岸边，劈波斩浪迎面而来，它们伸出鳍状肢不停抖动，好像是嫌海水太冷。还有落单的企鹅会站在浅浅的浪花上，久久凝望着大海，你不禁想知道它的脑袋里在想什么。两只年轻的公企鹅，会兴奋地在一只踌躇不定的母企鹅身后摇摇晃晃地跟着，不时停下来比比谁的脖子伸得比较美，或者徒劳地用鳍状肢击打对方。它们明明长着尖利致命的喙，却要用没力道的翅膀对打。

在圣安德鲁斯湾，企鹅群落的外围才是活动的中心。因为有太多孵蛋或者换羽的企鹅，群落主体显得格外平静。俯瞰这片群落，让我想起周末清晨从格里斐斯公园眺望洛杉矶的景象。这是一座由挺拔的企鹅组成的大都市，尚未从沉睡中醒来。在大道上巡逻的是鞘嘴鸥，一种全身雪白的怪鸟，长着鸽子的身体，却拥有兀鹫的习性。就连王企鹅发出的美妙声音—— 一种盘旋上升的欢快叫声，有几分像风笛，有几分像节日里的玩具喇叭，也有几分像有些飞机发出的类似狗吠声，但确实与我听过的世界上任何一种声音都不同——也有一种治愈的效果，尤其是当成千上万只企鹅在远处齐鸣时。

人类在二十世纪为企鹅做了件好事，把许多种与企鹅争夺食物的鲸和海豹几乎消灭殆尽。企鹅的数量增加了，而南乔治亚岛近来也变得更加适合企鹅居住，因为快速消退的冰川露出了适宜筑巢的陆地。但人类带给企鹅的好景或许是短暂的。如果气候变化使海洋继续酸化，海水的酸碱值将会让海洋无脊椎动物无法长出外壳。其中一种无脊椎动物，磷虾，是许多种企鹅的主食。气候变化也让环绕南极半岛的冰层迅速缩小，这些冰层为海藻提供了生长空间（磷虾在冬季正是以海藻为食），也保护了磷虾免遭大规模的商业开采。可能过不了多久，超级油轮一般大的渔业加工船就会从挪威等国驶来，把企鹅和许多鲸鱼与海豹赖以生存的食物一扫而空。

磷虾是大小和颜色都很像小指的甲壳类动物。要估算南极洲的磷虾总量是很困难的，但最常被引用的一个数字是五亿公吨，这让它成为世界上最大的动物生物群。然而对企鹅不利的是，许多国家将磷虾视为美食，不仅人类可以吃（据说味道可以接受），更是受养殖鱼类和牲畜的欢迎。据说目前磷虾的年均捕获量不到五十万吨，其中挪威是捕获量最大的国家。然而，至少一个国家已经宣称，计划把每年的捕获量提高到两百万吨，并已开始建造适合的船只。一位政府发言人曾解释道：“磷虾富含优质蛋白质，可以加工制成食品和药物。南极洲是全人类的宝库。”

南极洲确实拥有世界上最丰富的海洋生态系统，同时也是仅存的基本保存完好的一个。对它的商业利用，至少在名义上都由南极海洋生物资源养护委员会监督管理。但委员会的决议可以被二十五个成员国中的任何一个否决，其中至少一个成员国历来都对设立大型海洋保护区表示反对。成员国俄罗斯近年来多次公开拒绝妥协，不仅否决设立新的保护区，而且对委员会是否有权设立保护区提出质疑。因此磷虾的未来，乃至许多种企鹅的未来，都取决于各种不确定因素：磷虾的实际数量有多少，它对气候变化的适应能力有多强，如今是否可以在不连累其他野生动物挨饿的情况下捕捞磷虾，这类捕捞是否能得到监管，南极事务上的国际合作是否能超越新的地缘政治冲突。唯一确定的是，全球气温、全球人口和全球对动物蛋白质的需求，都在迅速上升。

“猎户座号”上的用餐时间，让我没法不想到《魔山》（*The Magic Mountain*）里写到的疗养院：每天三次匆匆赶往餐厅，隐士般与世隔绝，餐桌上一成不变的面孔。然而这里没有把贝多芬的《英雄交响曲》（*Eroica*）说成《情色交响曲》（*Erotica*）的施托尔女士，有的是一位唐纳德·特朗普的支持者和他的夫人。这里有一对快乐的酒鬼夫妇；一位荷兰来的风湿病专家，她的第二任丈夫同为风湿病专家，女儿和女儿的男友也是。还有对夫妇，每当“黄道带”小船开始载客，就会争先恐后地挤到队伍前面。有位男士经特殊许可，带了业余无线电设备上船，整趟旅行都待在船上的图书室里，尝试联络同道中人。也有些澳大利亚人，他们一般不太合群。

趁着吃饭闲聊的功夫，我打听了人们来南极的原因。我发现很多人只是热衷于参加林德布拉德的活动。有些人是在搭乘另一艘林德布拉德邮轮时，听说南极这趟船可能是除了前往科尔特斯海的航线之外最好的一班。有一对我非常喜欢的夫妻，丈夫鲍勃是医生，妻子吉吉是护士，他们是晚了一年来庆祝结婚二十五周年纪念日的。还有一位退休的化学家告诉我，他之所以选择南极，只是因为他已经没有没去过的地方了。我很高兴没有人提到要在南极融化前来看一眼。意外的是，几乎在整趟旅程中，我都没有听到任何工作人员或者乘客说过“气候变化”这几个字。

当然了，船上的很多讲座我都没去。为了证明我是一个最铁杆的观鸟者，我必须待在观景甲板上。最铁杆的观鸟者，会在刺骨的寒风和海水激起的盐雾中站上一整天，凝视大雾或者强光，期盼能瞥见不寻常的物种。即使你的直觉告诉你那里什么都没有，唯一能证实的方法就是花上几小时，仔细观察远至地平线那端每一只鸟的蛛丝马迹，每一只穿梭浪间、体色与浪花相融的鸽锯鹱（说不定会是一只罕见的、令人兴奋的仙锯鹱），每一只犹豫要不要跟在船后面的漂泊信天翁（可能会是只皇家信天翁）。海上观鸟有时会让人不适，经常冷得要死，十有八九无聊到令人发疯。我花了三十个小时，看到的值得一提的海鸟只有一只短嘴圆尾鹱。于是我决定放松一下，把精力投入到打桥牌这种更适合社交的活动中。

其他三位牌友，黛安娜、南希和雅克，都来自西雅图，是同一个读书会的成员，船上还有其他几位会员。和克里斯、艾达一样，他们也成了我的朋友。刚开始的某一局中，我愚蠢地弃了一张牌，黛安娜，一位令人生畏的破产律师，嘲笑我说："打得太烂了。"我因此对她印象很好。我喜欢大家在牌桌上口无遮拦。我的搭档南希是一家叉车经销商的老板，她打出这趟旅程中的第一次大满贯时，我指出剩下的牌墩都是她的，她冲我发作道："让我好好打牌行不行，你个混蛋。"她后来告诉我，这么说是表示亲切。第三个牌友雅克也是名律师，她告诉我她写了一部舞台剧，讲的是她去黛安娜家参加感恩节晚宴的事，在

此期间，黛安娜患病的丈夫死在了起居室的床上。我唯一注意到身上有文身的乘客就是雅克。

和《魔山》里一样，这场探险刚开始的几天既漫长又难忘，往后过得越来越快，记忆也愈加模糊。等我得偿所愿，终于看到南极鹨（它们美丽且亲人）之后，我对参观废弃的捕鲸站就失去了兴趣。我们在南乔治亚岛的第五天，当道格说“让我们再去划一次海洋独木舟吧”的时候，就连他的声音里也难掩疲惫。他的语气酷似《等待戈多》（*Godot*）的结尾处，穷尽各种解闷儿的办法后，弗拉基米尔和埃斯特拉贡决定“模仿一棵树”。

旅行的最后一天，尽管有数百只可能很有趣的海鸟在外面绕着船飞，我还是把大部分时间花在了桥牌桌前。这天临近结束时，我下到休息室去听一场关于气候变化的讲座。主讲人是那个飞无人机的澳大利亚人，他名叫亚当，到场听众还不到总乘客数的一半。我好奇林德布拉德为什么将如此重要的讲座拖到最后一天。善意的解释是，林德布拉德向来以自己的环保意识为荣，希望我们在归途中就充满雄心壮志，为保护一路上饱览的自然美景出更多力。

亚当的开场白提供了另一种解释。“那张乘客意见调查卡，”他说，“不是用来写你对气候变化的看法的。”他尴尬地笑了笑。“别骂我，我只负责传话。”接着他问我们有多少人相信地球的气候正在改变。休息室里的每个人都举起了手。又有多少人觉

得这是人类活动导致的？这次大部分人都举了手，除了那位特朗普支持者和业余无线电玩家。从休息室的最后排，传来了克里斯没好气的声音："又有多少人觉得，这个问题和个人看法无关呢？"

"问得好。"亚当说。

亚当的讲座等于把《难以忽视的真相》（*An Inconvenient Truth*）绘声绘色地重演了一遍，包括著名的显示气温急剧上升的"曲棍球杆"曲线图，以及被上升的海平面吞掉佛罗里达州的美国地图。但亚当描绘的前景比阿尔·戈尔的还要灰暗，因为全球变暖的速度比十年前的悲观主义者们预计的还要迅猛。亚当举了几个例子：最近的艾迪塔罗德狗拉雪橇比赛[①]，在没有雪的情况下就开赛了；今年阿拉斯加的冬天异常温暖；到二〇二〇年夏天，北极的冰可能会完全消失。他指出，十年前，南极半岛的冰川中只有百分之八十七在萎缩，如今这个数字似乎已达到百分之百。不过他最悲观的论点是，作为科学家，气候科学家只能做出统计学上概率较高的论断。当他们模拟未来的气候情景，预测全球变暖的幅度时，他们必须选择一个虚低的温度，一个有百分之九十以上的可能性会达到的温度，而不是选一个在一般情况下会达到的度数。因此，信心满满地预测本世纪结束前气温会上升五摄氏度的科学家，可能会在私下喝

---

① 艾迪塔罗德狗拉雪橇比赛（Iditarod Trail Sled Dog Race），一年一度于美国阿拉斯加举行。

啤酒的时候告诉你，她真正的预期是上升九摄氏度。

想到这等于十六华氏度，我不禁为企鹅们感到难过。但就像关于气候变化的讨论往往会从“诊断”转为“补救”一样，这场讲座的阴暗面也变成了黑色喜剧的那种“黑”。我们坐在每分钟燃烧三点五加仑燃料的邮轮的休息室里，聆听亚当宣扬在农贸市场购物、用 LED 灯泡替代白炽灯泡的种种好处。他还说，普及女性教育能降低全球生育率，消灭战争将释放出足够的资金，让全球的经济活动改用可再生能源。接着他问大家有没有问题或者意见。气候变化的怀疑论者没兴趣争论，但有个相信气候变化的人起身说，他负责管理大量住宅地产，他注意到那些领取联邦政府补贴的租户，因为不用自己付水电费，冬天总是把暖气开得太热，夏天把冷气开得太冷，而应对气候变化的方法之一就是让他们付钱。一位女士对此回应道：“我认为超级富人要比住补贴房的人浪费得多。”此言一出，讨论很快就终止了——我们都得打包行李了。

晚上六点，休息室里又挤满了人，这次人更多了，因为此行的高潮部分即将上演：幻灯片放映秀，每一位乘客都被邀请提供三四张自己拍得最好的照片。主持放映的摄影指导说，要是有人不喜欢他选择的背景音乐，他先跟他们道歉。他选的曲子是《太阳出来了》(*Here Comes the Sun*)和《给我希望，亲爱的》(*Build Me Up, Buttercup*)——确实不怎么样。然而整个放映都令人沮丧。我们的影像文化总是让我产生这种缺憾之感：无论

你如何精心地将生活切割成一连串照片，无论这些照片的时间点挨得有多近，这一张张照片给我带来的最强烈的感受，却是它们没有展示出来的一切。另一个遗憾是，很明显，《国家地理》杂志这三周的指导并没有产出像这本杂志那样的视觉冲击。看到最后，我觉得这完全是一厢情愿。这场幻灯片秀声称要捕捉我们作为一个群体所经历的冒险，就像沙克尔顿和他的同伴那样。但我们并未经历南极的漫长冬季，也没有分食海豹肉达数月之久。林德布拉德和顾客之间的纵向关系过于牢固，以致无法促成乘客之间建立横向的联结。所以这场幻灯片秀最终变成了林德布拉德的素人广告。它刻意营造的那种情境，甚至破坏了本应对我有意义的画面：任何非专业的影像都有其意义，因为它记录了我们所爱事物的样貌。我哥私下里给我看了一张他拍的照片，画面上的克里斯和艾达坐在“黄道带”小船里（克里斯正努力不摆出一副臭脸，艾达笑得很灿烂），这让我想起了在船上结识他们时我有多开心。这张照片意义非凡——对我而言。一旦把它上传到林德布拉德的网站上，它的意义就会崩塌，变成广告。

那么，来南极洲的意义到底是什么？对我来说，意义就在于亲自观察企鹅，体验美景带来的震撼，结交新朋友，为我的人生观鸟清单增添三十一种鸟，并缅怀我的姑父。相比花出去的钱和排放的碳，这是值得的吗？等你来告诉我。不过那场幻灯片秀的确产生了某种事与愿违的反效果，它让我的注意力都

集中在了这趟旅行中未入镜的每分每秒——海上观鸟固然又冷又无聊，但还是比死好多了。第二天早上，类似的反效果又出现了。“猎户座号”停靠乌斯怀亚后，汤姆和我终于可以自由地到街上逛逛。我发现，在“猎户座号”上的三周，每天看着同样的面孔，已经让我对任何不在船上的脸庞格外敏锐，尤其是年轻人的脸。每看到一个阿根廷年轻人，我都有上去拥抱的冲动。

的确，对大部分人类来说，想要对抗气候变化并保存生物多样性，最有效的一个办法就是不生小孩。可同样的，没有什么能抵挡“人类优先”这个逻辑：假如人类想吃肉，而又有磷虾可以捕捉，磷虾就会被吃掉。甚至可以说，企鹅最有可能提供一个更合理的角度让人类反思自己的逻辑是如何导致物种濒临灭绝的，毕竟它们那么像小孩：它们也是我们的孩子，它们也值得我们关爱。

然而想象一个没有年轻人的世界，就如同想象在林德布拉德邮轮上住一辈子。我的教母在她唯一的孩子身亡后，就过着这样的生活。我还记得她有次对我透露她的韦奇伍德瓷器值多少钱时，脸上那半疯半癫的微笑。但弗兰在盖尔死之前就已经疯了，她对自己生出的复制品过于痴迷。人生无常，抓得太紧会把它压碎，或者你也可以像我的教父那样热爱生活。沃尔特失去了女儿、战友、妻子和我母亲，但他始终能随机应变。我看见他在南佛罗里达，坐在一架钢琴前，飞快地弹奏经典音乐

剧中的曲调，露出灿烂的笑容，公寓楼里的寡妇们在一旁翩翩起舞。即使在一个垂死的世界中，新生的爱也在不断萌发。

横道人行

我们听过一种论调，说人类这种物种天生就目光短浅，对可能永远不会到来的未来不屑一顾。在城市街道上绘制交通指示的工程师，肯定就是这种思维。他们好像假定你开车时，视线会锁定汽车引擎盖正前方的某个点。你开车时应该像是这样：哦,这里写着“人行”(*PED*)……喔,这儿又出现了“横道”(*XING*,这个单词看起来像中文，但并不是）……然后——呃，这好像有些不合逻辑，因为如果你的眼光短浅到这种程度，你怎么可能看到正在横穿马路的行人？这太奇怪了。学驾驶的时候，你得到的指令是要眼观高处。但如果你看到远处的标识，按照惯例从上往下阅读，比如“公交车避让”(BUS TO YIELD)，那你就错了。气势汹汹并线过来的公交车在等你给它让路。只有糟糕的司机才需要靠路面上的指示明白这一点。在现代世界，不仅交通工程系统鼓励短视，施行的政治和经济体系也是如此，所以说，要在这样一个世界生存，你得像一个烂司机那样思考，或者压根不思考。你得“避让公交车”(YIELD TO BUS)。你拿起纸杯，喝完饮料，扔掉杯子。在美国，每分钟有三万个纸杯被丢弃。而在遥远的另一片大陆上，巴西大西洋沿岸的雨林已被夷平，变成了大片的桉树人工林，为全世界供应纸浆，但这已经远远超越了你汽车引擎盖的范畴。你还有近得多的地方要去。就算不用整天拿着可重复使用的水杯到处跑，你的生活也已经够复杂了。即使你带着一个杯子，你也清楚，你生活在一个为烂司机设计的世界里，而你每分钟丢掉 0.00015 个星巴克纸杯，到底能有什么关系呢？如果你的汽车排放的尾气会让那个几乎不宜居住，也并不遥远的未来早那么一点点到来，那又能如何？人类就是人类，天性就是天性。等我们走到那座桥时，横穿过去就行了。

术语词汇表

《黑暗时代的随笔》

拉斯柯尔尼科夫 Raskolnikov

莉莉 · 巴特 Lily Bart

蕾切尔 · 卡斯克 Rachel Cusk

卡尔 · 奥韦 · 克瑙斯高 Karl Ove Knausgård

蒙田 Montaigne

爱默生 Emerson

伍尔夫 Woolf

鲍德温 Baldwin

玛格丽特 · 阿特伍德 Margaret Atwood

《纽约客》*The New Yorker*

亨利 · 芬德 Henry Finder

塞拉俱乐部 Sierra Club

理查德 · 克鲁格 Richard Kluger

蒂娜 · 布朗 Tina Brown

《非此即彼》*Either/Or*

克尔凯郭尔 Kierkegaard

唐纳德 · 特朗普 Donald Trump

希拉里 · 克林顿 Hillary Clinton

安东尼 · 韦纳 Anthony Weiner

詹姆斯 · 科米 James Comey

纳特 · 西尔弗 Nate Silver

“五三八” FiveThirtyEight

阿克拉 Accra

蕉鹃 turaco

食蜂鸟 bee-eater

《时代》杂志 *Times*

恩苏塔森林 Nsuta Forest

黑弯嘴犀鸟 Black Dwarf Hornbill

西非鹃隼 African Cuckoo-Hawk

哀啄木鸟 Melancholy Woodpecker

《间谍》杂志 *Spy*

埃及燕鸻 Egyptian Plover

洋红蜂虎 Carmine Bee-eater

缨翅夜鹰 Standard-winged Nightjar

圣克鲁斯 Santa Cruz

克莱 · 舍基 Clay Shirky

联合广场咖啡馆 Union Square Cafe

艾丽丝 · 门罗 Alice Munro

詹姆斯 · 帕特森 James Patterson

马克 · 扎克伯格 Mark Zuckerberg

美国笔会中心 PEN American Center

西蒙与舒斯特出版公司 Simon & Schuster

米罗 · 雅诺波鲁斯 Milo Yiannopoulos

安德鲁 · 所罗门 Andrew Solomon

娜欧米 · 克莱因 Naomi Klein

《天翻地覆》*This Changes Everything*

《巴黎协定》Paris Accord

奥杜邦学会 National Audubon Society

《时尚》杂志 *Vogue*

莫哈韦沙漠 Mojave Desert

《曼哈顿，1981》

阿特金斯饮食法 Atkins Diet

添加利金酒 Tanqueray Gin

特醇万宝路 Marlboro Lights

玛塞拉 · 哈赞 Marcella Hazan

哈莱姆区 Harlem

托马斯 · 品钦 Thomas Pynchon

格兰特将军墓 Grant's Tomb

塔利亚餐厅 Thalia

湖南阳台餐厅 Hunan Balcony

莎草纸书店 Papyrus Books

雅克 · 德里达 Jacques Derrida

肯尼斯 · 伯克 Kenneth Burke

格雷戈里 · 海斯勒 Gregory Heisler

老布什 George H. W. Bush

豪斯顿街 Houston

电报大厦 Cable Building

安吉利卡电影院 Angelika theater

包厘街 Bowery

运河街 Canal Street

苏豪区 SoHo

西区高架路 West Side Elevated Highway

世界贸易中心 World Trade Center

晨边高地 Morningside Heights

贝鲁特 Beirut

东尽街 East End Avenue

黛西 · 布坎南 Daisy Buchanan

雷诺阿 Renoir

塞尚 Cézanne

绿苑酒廊 Tavern on the Green

圣路加医院 St. Luke's Hospital

哥伦布大道 Columbus Avenue

维克多 Victor's

欧洲美国银行 European American Bank

《鸟类为什么重要》

———

灰鸥 Gray Gull

阿塔卡马沙漠 Atacama Desert

帝企鹅 Emperor Penguin

苍鹰 Goshawk

玛琳 · 黛德丽 Marlene Dietrich

雨燕 swift

苍头燕雀 chaffinch

蜜蜂蜂鸟 Bee Hummingbird

巨嘴鸟 toucan

褐阔嘴莺 Weebill

刀嘴蜂鸟 Sword-billed Hummingbird

丽彩鹀 Painted Bunting

蓝喉太阳鸟 Gould's Sunbird

虹彩吸蜜鹦鹉 Rainbow Lorikeet

奎利亚雀 quelea

长尾鹦鹉 parakeet

河乌 Dipper

漂泊信天翁 Wandering Albatross

新西兰扇尾鹟 New Zealand Fantail

卡拉卡拉鹰 caracara

走鹃 Roadrunner

油鸱 Oilbird

蜗鸢 Snail Kite

硬尾雀 Leaftosser

厚嘴海鸦 Thick-billed Murre

游隼 Peregrine Falcon

拟鹪针尾雀 Wren-like Rushbird

深蓝色林莺 Cerulean Warbler

凤头鹦鹉 Cockatoo

鸫鸟 thrush

基多 Quito

山雀 Chickadee

琴鸟 lyrebird

斑尾塍鹬 Bar-tailed Godwit

红喉北蜂鸟 Ruby-throated Hummingbird

红腹滨鹬 Red Knot

火地岛 Tierra del Fuego

乌鸫 blackbird

牛鹂 cowbird

鹎 bulbul

人类世 Anthropocene

家朱雀 house finch

中新世 Miocene

双角犀鸟 Great Hornbill

《拯救你的所爱》

———

双子城 Twin Cities

《星坛报》*Star Tribune*

阿西西的圣方济各 San Franceso d' Assisi

鹭鸶 heron

红雀 cardinal

蓝鸲 bluebird

白头海雕 Bald Eagle

滴滴涕 DDT

鲎 horseshoe crab

小天鹅 Tundra Swan

戴尔 · 贾米森 Dale Jamieson

《黑暗时代的理性》*Reason in a Dark Time*

"里约 +20" 峰会 Rio Earth Summit

高线公园 High Line

大都会博物馆 Metropolitan Museum

蕾切尔 · 卡森 Rachel Carson

《寂静的春天》*Silent Spring*

《安妮 · 霍尔》*Annie Hall*

艾维 · 辛格 Alvy Singer

优步 Uber

库斯科 Cuzco

羽扇豆 tarwi

马努国家公园 Manú National Park

马德雷德迪奥斯 Madre de Dios

圣罗莎德胡阿卡利亚 Santa Rosa de Huacaria

帕库食人鱼 pacu

瓜纳卡斯特自然保护区 Área de Conservación Guanacaste

圣何塞 San José

大自然保护协会 Nature Conservancy

圣罗萨国家公园 Santa Rosa National Park

鸺鹠 pygmy owl

康拉德 Conrad

卡尔基金会 Carr Foundation

戈龙戈萨国家公园恢复项目 Gorongosa Restoration Project

岛屿保护组织 Island Conservation

野性地球守卫者 WildEarth Guardians

奥利弗 · 诺斯 Oliver North

圣埃伦娜半岛 Santa Elena peninsula

康特拉 Contra

洛斯阿米戈斯河 Los Amigos

魁札尔鸟 quetzal

鴂 tinamou

喇叭鸟 trumpeter

《超光速推进的资本主义：论雪莉 · 特克尔的作品》

雪莉 · 特克尔 Sherry Turkle

杰伦 · 拉尼尔 Jaron Lanier

叶夫根尼 · 莫罗佐夫 Evgeny Morozov

《群体性孤独》*Alone Together*

《重拾交谈》*Reclaiming Conversation*

史蒂夫 · 乔布斯 Steve Jobs

马修 · 克劳福德 Matthew Crawford

《头脑之外的世界》*The World Beyond Your Head*

《祝你这辈子都不好过》

———

马特鲁港 Marsa Matruh

圃鹀 ortolan bunting

亚得里亚海 Adriatic

狄那里克阿尔卑斯山脉 Dinaric Alps

恩维尔 · 霍查 Enver Hoxha

陶兰特 · 比诺 Taulant Bino

迪夫亚卡－卡拉瓦斯塔国家公园 Divjakë-Karavasta National Park

卷羽鹈鹕 Dalmatian Pelican

鸬鹚 cormorant

塍鹬 godwit

巴里 Bari

维里波耶 Velipoja

乌尔齐尼 Ulcinj

黑山鸟类保护与研究中心 Center for Protection and Research of Birds of Montenegro

大卫·古滕菲尔德 David Guttenfelder

穆罕默德·穆尔西 Mohamed Morsi

贝都因人 Bedouin

西奈沙漠 Sinai Desert

黄鹡鸰 Yellow Wagtail

金黄鹂 golden oriole

斑鸠 turtledove

埃尔马格拉 Al Maghrah

鹟 flycatcher

伯劳 shrike

戴胜 hoopoe

棕斑鸠 laughing dove

翎颌鸨 Houbara Bustard

埃及自然保护协会 Nature Conservation Egypt

埃尔达巴 El Daba

红背伯劳 Red-backed Shrike

白领姬鹟 Collared Flycatcher

斑鹟 Spotted Flycatcher

叽咋柳莺 Chiffchaff

黑顶林莺 Blackcap

林柳莺 Wood Warbler

棕扇尾莺 Zitting Cisticola

雀鹰 sparrow hawk

拉斯巴尔 Ras el Barr

亚历山大 Alexandria

巴提姆 Baltim

小环颈鸻 Little Ringed Plover

麦穗鸟 wheatear

猎隼 Saker Falcon

游隼 Peregrine Falcon

红隼 kestrel

《一段友谊》

比尔 · 沃尔曼 Bill Vollmann

《彩虹故事》*The Rainbow Stories*

斯隆 – 凯特琳癌症中心 Sloan Kettering

《四百击》*The 400 Blows*

辛辛那提 Cincinnati

罗伯特 · 梅普尔索普 Robert Mapplethorpe

《时尚先生》杂志 *Esquire*

卡温顿 Covington

《哈泼氏》杂志 *Harper' s*

金门公园 Golden Gate Park

《地图集》*The Atlas*

克莱尔蒙特 Claremont

索尔顿湖 Salton Sea

《支持的兴味》

———

《煎饼坪》*Tortilla Flat*

斯坦贝克 Steinbeck

《伊甸之东》*East of Eden*

《伊坦 · 弗洛美》*Ethan Frome*

亨利 · 詹姆斯 Henry James

赫尔曼 · 梅尔维尔 Herman Melville

佐拉 · 尼尔 · 赫斯顿 Zora Neale Hurston

威廉 · 迪恩 · 豪威尔斯 William Dean Howells

辛克莱 · 刘易斯 Sinclair Lewis

杰 · 麦克伦尼 Jay McInerney

简 · 斯迈利 Jane Smiley

《欢乐之家》*The House of Mirth*

《国家风俗》*The Custom of the Country*

《纯真年代》*The Age of Innocence*

泰迪 · 罗斯福 Teddy Roosevelt

R. W. B. 刘易斯 R. W. B. Lewis

伊迪丝 · 纽伯德 · 琼斯 Edith Newbold Jones

沃尔特 · 贝里 Walter Berry

泰迪 · 华顿 Teddy Wharton

莫顿 · 富勒顿 Morton Fullerton

伯纳德 · 贝伦森 Bernard Berenson

安德烈 · 纪德 André Gide

格蕾丝 · 凯莉 Grace Kelly

杰奎琳 · 肯尼迪 Jacqueline Kennedy

劳伦斯 · 塞尔登 Lawrence Selden

纽约中央车站 Grand Central

珀西 · 格莱斯 Percy Gryce

《米德尔马契》*Middlemarch*

阿提克斯 · 芬奇 Atticus Finch

阿廖沙 · 卡拉马佐夫 Alyosha Karamazov

贝基 · 夏普 Becky Sharp

汤姆 · 雷普利 Tom Ripley

杀手“豺狼”Jackal

米奇 · 萨巴斯 Mickey Sabbath

温蒂妮 · 斯普拉格 Undine Spragg

范 · 德根 Van Degen

波普尔 Popple

《巴比特》*Babbitt*

希尼夫人 Mrs. Heeney

纳博科夫 Nabokov

《洛丽塔》*Lolita*

威利狼 Wile E. Coyote

纽兰 · 阿切尔 Newland Archer

艾伦 · 奥兰斯卡 Ellen Olenska

《小说家的十条准则》

《变形记》*The Metamorphosis*

《错过》

捷蓝航空 JetBlue

维氏 Victorinox

大安的列斯群岛 Greater Antilles

小安的列斯群岛 Lesser Antilles

圣卢西亚 Saint Lucia

蓝山 Blue Mountains

橙喉雀 Orangequit

牙买加蝇霸鹟 Sad Flycatcher

短尾鸿 Jamaican Tody

拉斯塔鸟 Rasta Bird

箭头林莺 Arrow-headed Warbler

牙买加蜥鹃 Jamaican Lizard-Cuckoo

托德 · 纽伯里 Todd Newberry

《狂热观鸟人》*The Ardent Birder*

白腰唐加拉雀 Opal-rumped Tanager

牙买加比卡雀 Jamaican Becard

牙买加黑鹂 Jamaican Blackbird

塞斯纳 150 Cessna 150

大西洋中央航线 Middle Passage

黑胸地莺 Mourning Warbler

牙买加鸮 Jamaican Owl

艾克勒斯当路 Ecclesdown Road

约翰 · 克罗山脉 John Crow Mountains

红头美洲鹫 Turkey Vulture

栗腹鹃 Chestnut-bellied Cuckoo

牙买加鸦 Jamaican Crow

牙买加杧果 Jamaican Mango

凤头鹑鸠 Crested Quail-Dove

卡斯特里 Castries

宁静天堂旅馆 A Peace of Paradise

白胸嘲鸫 White-breasted Thrasher

马提尼克 Martinique

圣卢西亚莺 Saint Lucia Warbler

灰旋木嘲鸫 Gray Trembler

基督复临安息日会 Seventh Day Adventist

德斯卡提尔自然步道 Descartiers Nature Trail

托马斯飓风 Hurricane Tomas

圣卢西亚鹦鹉 Saint Lucia Parrot

圣卢西亚拟黄鹂 Saint Lucia Oriole

圣卢西亚黑雀 Saint Lucia Black Finch

加勒比海拟霸鹟 Caribbean Elaenia

红腹灰雀 bullfinch

维约堡 Vieux Fort

军舰鸟 frigatebird

《凡人：论萨拉·斯托尔法的摄影》

———

《凡人》*The Regulars*

萨拉·斯托尔法 Sarah Stolfa

布鲁斯·斯普林斯汀 Bruce Springsteen

乔纳森·戴米 Jonathan Demme

《费城故事》*Philadelphia*

肯辛顿 Kensington

微风点 Point Breeze

洛根圆环广场 Logan Circle

华盛顿街 Washington Street

艺术博物馆 Art Museum

里滕豪斯广场 Rittenhouse Square

特拉华河 Delaware

艾利伊山 Mount Airy

四季度假酒店 Four Seasons

珍妮佛 · 洛佩兹 Jennifer Lopez

《看不见的损失》

———

椋鸟 starling

灰叉尾海燕 Ashy Storm Petrel

黄蹼洋海燕 Wilson’s Storm Petrel

金门海峡 Golden Gate

法拉隆群岛野生动物保护区 Farallon Islands National Wildlife Refuge

海鹦 puffin

海雀 guillemot

卡辛氏小海雀 Cassin’s Auklet

角嘴海雀 Rhinoceros Auklet

西美鸥 Western Gull

崖海鸦 Common Murre

彼得 · 瓦西博克 Pete Warzybok

蓝点 Point Blue

法拉隆禽蛋公司 Farallone Egg Company

潜鸭 diving-duck

潜鹈鹱 diving-petrel

鹱 shearwater

开普敦 Cape Town

国际鸟盟南非部 BirdLife South Africa

信天翁专案组 Albatross Task Force

灰鹱 Sooty Shearwater

戈夫岛 Gough Island

大西洋圆尾鹱 Atlantic Petrel

特岛信天翁 Tristan Albatross

塘鹅 gannet

岛屿保护 Island Conservation

南乔治亚岛遗产信托 South Georgia Heritage Trust

马里恩岛 Marion Island

圣巴巴拉 Santa Barbara

阿纳卡帕岛 Anacapa Island

斯氏海雀 Scripps's Murrelet

红圆尾鹱 Magenta Petrel

查塔姆群岛 Chatham Islands

莫里奥里人 Moriori

“泰可”taiko

“泰波”taipo

查塔姆群岛泰可信托 Chatham Island Taiko Trust

“甜水”Sweetwater

查塔姆圆尾鹱 Chatham Petrel

查塔姆信天翁 Chatham Albatross

查岛鸠 Chatham Pigeon

《2001 年 9 月 13 日》

喀布尔 Kabul

《现代启示录》*Apocalypse Now*

贝瑞 · 邦兹 Barry Bonds

《寄自东非的明信片》

恩戈罗恩戈罗火山口 Ngorongoro Crater

让 · 鲍德里亚 Jean Baudrillard

德尔蒙食品公司 Del Monte

塞伦盖蒂 Serengeti

内罗毕 Nairobi

杜勒斯国际机场 Dulles International Airport

采采蝇 tsetse fly

蒙大拿州 Montana

灰冠盔鵙 Gray-crested Helmetshrike

紫胸佛法僧 Lilac-breasted Roller

蛇鹫 Secretarybird

灰颈鹭鸨 Kori Bustard

黑羽地犀鸟 Ground Hornbill

皱脸秃鹫 Lappet-faced Vulture

秃鹳 Marabou Stork

长尾巧织雀 Long-tailed Widowbird

织布鸟 weaver

垂耳歌百灵 Flappet Lark

亨氏扇尾莺 Hunter's Cisticola

《地球尽头的尽头》

———

马尔维纳斯群岛 Falkland Islands

白鞘嘴鸥 Snowy Sheathbill

南极鹨 South Georgia Pipit

多佛 Dover

《博大精深的高尔夫球》*Eclectic Golf*

殖民地威廉斯堡 Colonial Williamsburg

博因顿海滩 Boynton Beach

德拉海滩 Delray Beach

宾得单反相机 Pentax SLR

圣地亚哥 Santiago

丽思卡尔顿酒店 Ritz-Carlton

沙斯塔山 Mount Shasta

德雷克海峡 Drake Passage

巴里恩托斯岛 Barrientos Island

巴布亚企鹅 Gentoo Penguin

南极企鹅 Chinstrap Penguin

欧内斯特 · 沙克尔顿 Ernest Shackleton

象岛 Elephant Island

鸽锯鹱 Antarctic Prion

鹨 pipit

勒梅尔海峡 Lemaire Channel

伊曼努尔 · 康德 Immanuel Kant

《纳尼亚传奇》*Narnia*

“黎明踏浪号” Dawn Treader

拉勒芒峡湾 Lallemand Fjord

食蟹海豹 crabeater seal

阿德利企鹅 Adélie Penguin

《帝企鹅日记》*March of the Penguins*

约翰 · 法斯塔夫 John Falstaff

奇泽姆 Chisholm

强尼 · 尤尼塔斯 Johnny Unitas

巴尔的摩小马队 Baltimore Colts

王企鹅 King Penguin

圣安德鲁斯湾 Saint Andrews Bay

马卡罗尼企鹅 Macaroni Penguin

跳岩企鹅 Rockhopper Penguin

格里斐斯公园 Griffith Park

鞘嘴鸥 sheathbill

南极海洋生物资源养护委员会 Commission for the Conservation of Antarctic Marine Living Resources

《魔山》*The Magic Mountain*

施托尔女士 Frau Stöhr

科尔特斯海 Sea of Cortez

仙锯鹱 Fairy Prion

皇家信天翁 Royal Albatross

短嘴圆尾鹱 Kerguelen Petrel

《等待戈多》*Godot*

弗拉基米尔 Vladimir

埃斯特拉贡 Estragon

《难以忽视的真相》*An Inconvenient Truth*

阿尔 · 戈尔 Al Gore

《太阳出来了》*Here Comes the Sun*

《给我希望，亲爱的》*Build Me Up, Buttercup*

韦奇伍德 Wedgwood

图书在版编目（CIP）数据

地球尽头的尽头 / （美）乔纳森·弗兰岑著 ；贾晓光译. -- 海口 ：南海出版公司，2023.1

书名原文：The End of the End of the Earth

ISBN 978-7-5735-0219-3

Ⅰ. ①地… Ⅱ. ①乔… ②贾… Ⅲ. ①随笔－作品集－美国－现代 Ⅳ. ①I712.65

中国版本图书馆CIP数据核字（2022）第115775号

著作权合同登记号 图字：30-2022-055

地球尽头的尽头

〔美〕乔纳森·弗兰岑 著

贾晓光 译

出　　版　南海出版公司　（0898）66568511
　　　　　海口市海秀中路51号星华大厦五楼　邮编 570206
发　　行　新经典发行有限公司
　　　　　电话（010）68423599　邮箱 editor@readinglife.com
经　　销　新华书店

责任编辑　黄宁群
特邀编辑　杨　初　殷秋娟子
装帧设计　李照祥
内文制作　贾一帆

印　　刷　北京盛通印刷股份有限公司
开　　本　850毫米×1168毫米　1/32
印　　张　9
字　　数　165千
版　　次　2023年1月第1版
印　　次　2023年1月第1次印刷
书　　号　ISBN 978-7-5735-0219-3
定　　价　59.00元